紅葉山高校茶道部

益田 昌
MASUDA SHO

幻冬舎MC

紅葉山高校茶道部

目次

主な登場人物

紅葉山高校茶道部

桧山柊　　高校二年　茶道部部長

木更津錦生　二年　茶道部副部長

水瀬斗真　二年　茶道部会計

水瀬史弥　一年　茶道部

月城亜藍　一年　茶道部

柏木榊　一年　茶道部

早乙女一紫　三年　茶道部元副部長

汐見菊也　三年　茶道部元部長

プロローグ

九月一日始業式の午後。

紅葉山《もみじやま》高校茶道部二年部長の桧山柊《ひやましゅう》は顧問の富樫章太《とがししょうた》から告げられたその事実に、言葉を失っていた。

自分が死んだあとでさえ、変わらずに残ると信じていたものが残らないという事実に。

絶対に起こらない状況の一つだと信じていたことが起こってしまうことに。

その日の朝には思いも寄らないことが今、起ころうとしていることに。

そして、自分にはその事態を止めることなど絶対にできない事実に。

自分の心が奈落の底へと落ちていくのを、柊はどこか遠くから見下ろしていた。

一席目

いつもここにあるもの

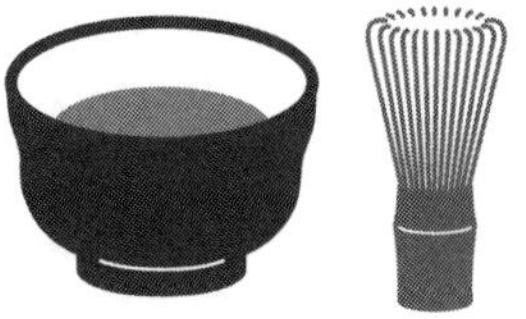

一

「おはよう。おばあちゃん、桜花《さくら》さん」

柊はおりんを鳴らして仏壇に手を合わせた。

線香の煙の向こうには二つの湯気が立ち上っている。

一つは炊き立ての白米から、一つは柊が朝から点てたお薄《うす》から。

仏壇の奥には写真が二枚。向かって右側には七十八歳で二年前の十月一日に亡くなった祖母の桔梗《ききょう》の写真。茶会をした時の一枚だろう。着物姿の祖母が茶庭《ちゃにわ》を背景に微笑んでいる。白鼠色の着物だ。写真に写るとほとんど白い着物を着ているように見えるが、実際には光沢のある銀色だ。柊もこの着物を着た祖母の姿はよく覚えている。

そして、向かって左側には六年前の十一月一日に四十五歳で亡くなった母、桜花の写真。微笑みはしているものの、家で一人の写真を撮られたがらなかった桜花らしく、職場での写真だ。こちらの服も白い看護師の制服。

今日、一日《ついたち》は母、桜花と祖母の月命日そして今年は三回忌と七回忌だ。二人ともその日を選んで死んだわけじゃない。どちらも病死だった。けれど、月命日を迎えるたび、月の始まりを告げる一という数字が二人の生き様を表しているように感じる。

柊は写真に向かって今日から二学期だと心で伝えると、自分で飲むための一服を点てようと隣の茶室に座った。お湯の温度が上がり、お湯の煮えたぎる音が静かな部屋に鳴っている。

柊は茶釜に柄杓で水を少し足した。

お湯が静かになった。いったん湯通しをした茶碗に、茶杓で茶を入れた。あらためて柄杓を取り、茶碗にお湯を注いだ。ふっと茶の香りがわきあがる。茶筅《ちゃせん》を取り上げ、そっと茶碗に入れて茶を溶いていく。茶筅の音だけが部屋に響く。

柊は誰もいない茶室で、一礼し、茶碗を押しいただき、正面を避けて湯気の立った茶を飲む。点てたての茶の香りと苦みと甘みが混ざった茶の味が口いっぱいに広がった。

二年前の今頃までは桔梗はここで元気に茶を点てていた。稽古日にはたくさんの社中さんで賑わっていた。その一か月後に亡くなるなど思いも寄らなかった。

茶室のあるこの日本家屋は父、晴彦の実家だ。祖母の桔梗はこの家に実質一人で住んでいた。二階の一部屋を柊が使っていたが、自分と父、姉が住む家はここではない。最寄りの駅は一緒だが、ここから少し離れたマンションだ。

柊は五歳の頃から祖母のこの家で過ごすことが多かった。祖母亡きあともほとんどの日々をこの家で過ごしている。この家のこの茶室は柊にとってどの家のどの部屋よりも大事な場所だ。

物心ついてから恐らく、最も多くの時間を過ごした。

決められた手順にすべて意味がある、流れるようなお点前を眺めているのも好きだった。小さい頃はお菓子ばかりが気になったが、早いうちに抹茶の味自体が好きになった。種類の違う抹茶もすぐにわかるほどに。

茶室にいれば誰かが一緒にいてくれる。上下関係なく、その時を慈しんで、誰もが尊重される。子供扱いされずにその場にいられることが柊には心地良かった。早く大人になりたかった。大人になればいろんなことがわかるはずだと思ったからだ。何より、手のかかる子供でいることが嫌だった。

茶室だけは誰も拒まない。ただ、そこにいることを許してくれる。ここにいていいと言ってくれる唯一の場所。小さい頃からここだけが柊の存在を認めてくれる場所でもあった。今も柊は思う。ここさえあればいい。人生に多くは望まない。

紅葉山高校はその名の通り、紅葉山のふもとに建っている私立男子高校だ。柊は最寄りの駅から三つ目の「紅葉山高校前」というまさにこの学校のために作られた駅を降りた。駅からは吐き出されるブレザーの学生服同様、ジャージやユニフォームで降りてくる生徒も多い。

紅葉山高校は生徒の八割はスポーツ推薦クラス、あとの一割が進学クラス、残りの一割は家業経営クラスという特殊な構成で成り立っている。スポーツ推薦クラスは、インターハイを狙えるほどの実力者が集まる。特に球技と陸上が盛んだ。

紅葉山高校の周辺は紅葉山市のマラソンコースにもなっており、朝練で走ってきた陸上部員たちが柊を追い抜いていった。その後ろから大きな影が迫ってきて、二メートル近い生徒がバスケやバレーのボールを持って同じ方向に歩いて行く。普通に歩いていても歩幅の違いでどんどん追い抜かれていく。カラフルなスポーツバッグやユニフォームの面々に追い抜かれているのはだいたい、進学クラスか家業経営クラスだ。

高校の門が遠くに見え、その後ろには紅葉山がそびえている。中腹に見える紅い鳥居は紅葉山神社だ。朱の鳥居は秋になると紅葉の中に埋もれてしまい、だまし絵のように見えなくなるが、その輪郭を見つけた時には何かかけがえのないものを見つけられたようにうれしい気持ちになる。

朝から汗臭い男子ばかりに囲まれて歩いていた柊は、嗅ぎ慣れた香の匂いが微かに前から漂ってくるのに気が付いた。少し小走りに足を速めてその背中に声を掛けた。

「おはよう、錦生《にしき》」

「おはよう、柊！　今日から部活も再開だな。新部長」

「ああ、今日からよろしくな、新副部長」

「こちらこそ！　鬼の夏期講習から生きて帰ってこれたんだな」

「おかげ様で」

「学校主催の泊まり込み夏期講習があるなんて、ほんと、進学クラス半端ない」

木更津《きさらづ》錦生は家業経営クラスの二年。木更津呉服店の御曹司だ。

家業経営クラスは寺内町にいまだに多く残る商家の後継のために作られたと聞く。老舗の看板を守るための経営を多方面から学び、文化と経営を両立させられる人材育成を目的としている。

柊と錦生とは幼なじみ。幼稚園から高校までずっと同じ学校だ。とはいえ、小学校に上がるまではいつも一緒だったが、小中とお互い一度も同じクラスにならず、別々の友人やコミュニティーで過ごしていた。高校になって茶道部でまた一緒になった。実家同士も近い。

錦生には年の離れた三人の姉がいて、三女の椿《つばき》が柊の六つ上の姉、美麗《みれい》と同い年。高校に入るまではお互いの消息は主に姉たちから聞いていたくらいだ。

錦生は毎朝繰り返される追い抜き合戦に負けるのが嫌いで早足で門に向かう。妙なところが負けず嫌いだ。柊も合わせて足を動かした。

「あ、グループ連絡ありがとう。学園祭の打ち合わせ、もう今日から始まるって？」

「ああ、昼休み、文化部代表に招集がかかってる。去年と変わったところがないか聞いてくる」

「うん、今年は二年と一年でやらないといけないから、何でも相談してくれよな」

「もちろん」

「とか言いながら、柊は何でも一人でやっちゃうからな。役割分担ちゃんとしてくれよ」

「あ、うん、あ、それと、放課後、富樫先生が部活に参加するって」

「へぇ、とがしんが？　珍しいね」

「二学期初日くらいはと思ってるのかな。書道部と掛け持ちだから、忙しそうだけど」

文化部、茶道部の活動は基本月曜日と水曜日。今日、一日、月曜日は始業式のあと、普通に授業があり、放課後部活が始まる。月に一回程度、外部の茶道講師を招いた稽古もあるが、基本は、先輩方から受け継いだ季節ごとのお点前を繰り返し稽古し、年間数回の茶会を開いている。その中でも一番大きな茶会が学園祭だ。二日にわたって開催される。

「よし、抜かれなかった！」

後ろから迫り来るテニス部の面々に抜かれることなく校門に到着し、錦生が変なガッツポーズをした。

「朝からそんなに体力使って疲れないのか」

「抜かれると、朝から負けっぱなしな感じがして嫌だ。柊こそ、爺臭いよ。達観するには若すぎる。そうやって何でも人に譲ってたら、ほしいもんなんか何にも手に入らないぞ」

反論の論点がずれているような気もしたが、錦生が言いたいこともわかるような気もして黙っていた。

「相変わらずうちの高校はすごいねぇ」

錦生が校舎を見上げて言った。

校舎には通過する電車に見える角度で何枚も垂れ幕が下がっている。すべてスポーツ関連の選手の活躍を報じるものだ。国体、インターハイ、全国大会代表、入賞、優勝等。当然のように野球部甲子園出場の垂れ幕もある。

「へぇ。水泳部ってそんなに強かったっけ？」

錦生が見ている一番端の細い垂れ幕は水泳部がリレーでインターハイに入賞したというものだ。確かに水泳部はある。だが、屋外プールは自分たちが使っていても老朽化が目立つ代物だ。スポーツ推薦クラスがあるだけあって長さは五十メートルだが、飛び込みの施設も水球の施設もない。ただ、泳ぐだけの施設。茶道部が部活をしている日本家屋の敷地の隣がプールになっているが、放課後の部活の様子もさほど活発だという印象はなかった。屋外プールだけではさすがに泳げる時期も限られてくる。

「強いって話は聞いたことなかったけど、今年は違ったんだな」

「ま、俺たちにはあんまり関係ない話だけどな」

スポーツ推薦クラスの生徒と、家業経営クラス、進学クラスの接点はほとんどない。まるで他人事のようにコメントする錦生にそうだなと柊も相槌を打った。きっと卒業するまで無縁だろう。

下駄箱に直行しようとする錦生にまた放課後と言うと、柊は正面にある日本家屋に足を向けた。

紅葉山高校茶道部の活動拠点、茶室の『紅葉楼《こうようろう》』。

茶室の門の前には立て札があり、謂れが書いてある。

柊は謂れを斜めに読み返した。

――降水量が多い紅葉山のふもとでは、昔から月が綺麗に見られるといわれてきました。その立地を生かし、この『紅葉楼』は紅葉山を借景として観月のための茶室として建てられました。建てたのはこの土地を持っていた和倉正善氏。設計者は『綾離宮《あやりきゅう》』の修復者の一人とゆかりのある地元の宮大工です。この茶室にはところどころに『綾離宮』の庭園内の茶屋『月珠楼《げっしゅろう》』の意匠が見られます。紅葉山高校はこの茶室ごと学校用地として受け継ぎました……――

「ほんと、夏休みも雨ばっかりだったな」

柊は独りごちた。

そう、紅葉山を借景としたこの茶室は学校が建つ前からここにある。おかげで紅葉山高校の茶道部をはじめとする文化部は、高校生にはもったいないほどの施設で練習ができる。茶室の周りには池を中心とした広い茶庭もある。庭には紅葉山から採取した茶花《ちゃばな》に使う野草と数種類の椿が植わっており、池では睡蓮ほか珍しい水生植物が育っている。

数年前にこの池で事故があった。生徒がふざけて落ちた水難事故だったのだが、池の取り壊しを学校が検討していると知って、文化部が署名運動をして池を守った歴史がある。門も生垣もあるので容易に立ち入りはできないものの、それ以来、朝はできるだけ様子を見るようにと代々の部長から言い渡されている。

柊は茶室への門をくぐった。茶庭の方から土を掘るような音がしている。数種類の椿が植えられた池の端に座って作業している人の影が見えた。学校主事の岸谷だ。

「岸谷さん、おはようございます」

「お！　おはよう。桧山君」

岸谷は立ち上がって腰をそらしながら笑って挨拶してくれる。首に巻いたタオルがすでに汗を吸っている。

「肥料ですか？　すみません」

「いや、昨日、肥料が届いてたんでね。茶庭手入れ帳に書いておくよ。水瀬《みなせ》君にもわかるように」

水瀬斗真《とうま》はもう一人の二年部員。会計を担当しながら、一年で弟の史弥《ふみや》と一緒に主に茶庭の手入れと茶花を担当している。水瀬兄弟の父は華道家、母はテレビに出演するようなフラワーアレンジメントの大家だ。母親を社長とした法人「フローリスト水瀬」の跡継ぎでもある。兄弟ともに家業経営クラスだ。

「見回りかい？」

茶室を一周回って帰ってくると岸谷が聞いた。

「夏休み中も見てくださってたんですよね。庭石も、灯籠も、手水鉢も綺麗にしてくださっていて」

「ま、業者に入ってもらってたけどね。茶室を見たいという人が訪ねてきていたしね。今日からお稽古かい」

「はい、今日からまた精進します」

「ここ、閉めておくから行きなさい。始業式始まるよ」

「すみません。ありがとうございます」

また椿の根元にしゃがんでいる岸谷の後ろ姿に一礼をして、柊は紅葉楼をあとにした。

夏と冬の始・終業式は体育館で行われる。全校生徒がクラスごとに列を作る様を見るたび、柊は竹藪の中の淮木を思い出す。両側に林立するスポーツ推薦クラスの中央に家業経営クラスと進学クラスが並ぶ。でないと舞台上が見えないからだ。

校長の夏休み中、事故なくまた再会できたことを喜んでいるという挨拶のあと、各種スポーツの活躍選手たちの表彰が行われた。常連の陸上と球技に続いて、最後に水泳部のジャージを着た四名の生徒が壇上に登った。ひときわ興奮した校長の但馬幸之助《たじまこうのすけ》が顔をほころばせて続けた。

「え、今年はさらにうれしいニュースがありました。水泳部の活躍です。ここにいる四名はインターハイのリレーで入賞を果たしました」

四名の男子生徒に惜しみない拍手が送られ、壇上の生徒が入賞トロフィーと賞状を手に誇らしげに挨拶をしている。彼らの体格の肉付きがちょっと不揃いだなと柊は思った。その理由が校長の説明でわかった。

「彼らの快挙は入賞というだけではありません。各スポーツで故障を抱えたメンバーがリハビリという過程で手に入れた努力の結果です。今後は水泳を通して、我が校でのスポーツ活動の場がより一層の広がりを見せることを期待し、施設の拡充も図っていく予定です」

各スポーツの故障者。確かにスポーツ推薦で入ったからといって必ずしも誰もが一流の選手に育っていくわけではない。どこかで挫折したり、伸び悩んだりすることもある。その中でも最も本人にとって不本意なのは故障だろう。学校側でも最大限のケアを専門の大学病院やリハビリ施設と提携して行っているが、回復に時間もかかり、モチベーションを維持することはおろか、通常のメンタルでさえ維持するのが難しくなるという。

校長の言う通り、水泳部のリハビリでなおかつ選手として活躍できる場面ができるなら施設だって投資する甲斐がある。その日のある時まで柊は真剣にそう思っていた。

放課後、富樫は真後ろの教師と生徒との会話に何となく耳を傾けていた。主にしゃべっているのは野球部顧問で世界史の教師、坂口だ。坂口のところにまっすぐに入ってきた生徒の横顔を見て始業式で表彰されていた野球部の一人だと気が付いた。確か、甲子園にも出場した二年。坂口の声で名前を思い出した。

「平賀《ひらが》、お前なぁ」

そうだ、平賀京介《きょうすけ》と言っていた。

「すみません……」

消え入りそうな声が後ろから聞こえてくる。

「さっき、みんなの前で表彰されたところだろう？　うれしくなかったのか」

「うれしかったっす」

「当たり前だ。こんなスポーツ推薦八割の高校で、数回しかない式典で、全校生徒の前で表彰されるなんてお前が考えているより難しいことなんだぞ」

「光栄なことだったと思います」

「過去形で言うなよ……」

野球部顧問の坂口の声の方が泣きそうだ。しばらく沈黙が流れ、周囲の机からカタカタとキーボードが叩かれる音に混じって遠くのグラウンドから生徒たちの気合の入った掛け声が届いてくる。

「先生、でももう無理なんです」

「少しは頭を冷やせよ」

「夏休み中ずっと考えてました。どうしても受け取ってもらいたいんです」

「……親にはちゃんと相談したのか」

「はい。大丈夫です」

「今日は帰れ。今週は病欠にしておくから、来週もう一度来てくれ。俺にも猶予をくれ」

後ろですみませんという細々とした声とともに上履きの去る音が聞こえた。後ろからの大きなため息は明らかに富樫の方に向いて発せられた。

富樫は後ろを向いた。

坂口の手には退部届が握られている。

「どうかしたんですか？　平賀君でしたっけ？　四番じゃなかったでしたっけ？　甲子園でもホームラン打ったっていう。さっき始業式で表彰されてましたよね」

坂口は引き出しに退部届をしまうともう一度ため息をついた。

「最後の三回戦で立て続けにデッドボール食らってね。怖くてバッターボックスに立てないって言い出しましてね」

「それは」

「保健室の先生やスクールカウンセラーにも相談していたんです。彼らは本人に続ける気があるなら専門医も紹介すると言ってくれたんですが。もう、野球自体に興味を失ったと言うんですよ」

「はぁ」

紅葉山高校のスポーツ推薦はちょっと身体能力がいいくらいでは入れない。しかも過去にも甲子園出場経験のある高校だ。その枠を勝ち取り、しかも四番バッターの二年が辞めたいという気持ちが理解できないのは教師の方なのだろう。自分が野球部顧問だったとしても、一度冷静になれと言うかもしれない。

「そう簡単にあきらめられるもんですかね……四番ですよ。甲子園ですよ」

「簡単ではないと思いますが……」

そう簡単ではなかったはずだ。確かに、少し休めばまたやる気になるかもしれない。だが、スポーツ推薦となると学校にもいづらくなる可能性もある。本人が相当な覚悟をして退部届を書いてきたのには違いないのだ。

「逃げ場がないと辞めるしかないと思ってしまうんでしょうが」

坂口が遠くのグラウンドを見つめて言った。

「逃げ場ですか……」

「スポーツ推薦クラスというのも、善し悪しなんでしょうな。怪我なら、まだ、こちらもアドバイスできるんですが」

普段、会話をすることも少ない坂口だったが、やりきれない気持ちを誰かと分かちあいたいのだろう。コメントできることも少ないが、相手の言葉を受け止めたという相槌を返しながら聞いていた。

「今日表彰されていた水泳部の一人も一年の時、野球部だった子でね。リハビリに始めた水泳の方が面白くなったみたいで。あれはあれでいいかと思えるんですが、ボールが怖いと言われるとねぇ」

「ボール相手の競技ですもんね」

当たり前のような情けない返答をしながら、怖くない球技があればまたやる気になるのだろうかと、非現実的な考えが浮かんだものの口にはしない。

「生徒にとって魔の九月ですから。あまり強く言ってもね……去年はこの学校ではありませんでしたけど。こっちも怖くてね」

「そうですね」

生徒が将来に悲観しがちなのが二学期の始まる九月だといわれている。紅葉山高校はある意味、早いうちから進路を決めて打ち込める体制を作った私立高校だ。それだけに追い詰められる生徒も少なくない。坂口が言ったように学校には保健医以外にスクールカウンセラーも常駐している。

「富樫先生のところはこれから忙しくなる時期ですね。茶道部と書道部顧問でしたか。いいですな。勝敗のない文化部。饅頭が怖いとか墨が怖いとかいう生徒はいないでしょうし」

「はは。そうですね」

富樫は面白い冗談を聞いたかのように笑った。そんな受け答えに気持ちが上がったのか坂口は顔を上げて生徒にするように富樫の肩に手を置いて言った。

「文化部は家業経営クラスの良い実践の場ですから。学園祭、楽しみにしてますよ」

富樫はどうも、と言いながら、坂口が自分の机に向かったと同時に自分も机に向かった。

相手に悪気はないのだろうが、八割がスポーツ推薦クラスの紅葉山高校ではスポーツ部の顧問をしている教師の方が圧倒的に多い。顧問どころか、元プロ選手で監督として指導に当たっている人材も抱えている。単なる気持ちの問題だが、ちょっとした優劣をつけられているような気になる。だからといって、富樫にはどの部でも上位を目指すための特訓ばかりのスポーツ部の顧問をしたいとは思わない。勉強も運動もしてもらいたいが、生徒には楽しい三年間だったと思って卒業してほしい。それだけが願いだ。何かを手に入れようとするのは卒業してからでもいい。

だが、そんな些細な願いも叶えてやれないとこれから茶道部に言わなくてはならないのかと、富樫は人に聞こえないようにひっそりとため息をついた。それもこれもこの学校と生徒のためなのだと言った校長の言葉を思い出しながらも、校長室への扉を恨めしそうに見やった。

二

水瀬斗真は水の入ったバケツを池のほとりに置いて、花ばさみを片手に座った。雑草を抜きつつ、今日の茶花の候補を切っていく。最初に入れたのは水引、白と赤の二色。夏の茶花では定番だ。今日から九月だが、初秋の花としてはよく使われる。それに紅白で入れるとおめでたい気持ちになる。その横の河原撫子にもハサミを入れる。薄紫の花のそばに白い花も咲かせている。一本ずつ切って水揚げをした。

まだまだ十分夏の日差しだが、それでも真夏の刺すような暑さは和らいでいる。この茶庭は落ち着く。夏休みが終わってほっとしている高校生は自分くらいかもしれないと斗真は思った。

夏休みの間は主に母、瞬子《しゅんこ》の会社でアルバイトをしていた。自分が望んだわけではない。母からの指示で強制的だった。都内のスタジオやホテルに毎日のように、フラワーアレンジメントのトップデザイナーの雑用アシスタントとして入っていた。

現場はそれなりに楽しい。花たちも喜び、誰に見られることもなく散っていく花よりもずっと誇らしげに咲いているようにも見える。だが、斗真にはその反面、人の都合で飾られる花の叫びが聞こえる気がしてならない。これは自分自身の姿なのだと最近になって思うようになった。母というデザイナーの思い描く方向に花びらを手向け、こう収まれと思う方向に茎を挿し込まれていく自分の悲鳴なのだと。

瞬子の生き方を否定しているわけではない。逆に立派な人だと思う。自分の力で会社を立ち上げ、実績を作って取引先を拡大し、自宅の土地を使って栽培も品種改良も自ら行ってきた。最近は逆に経営に力を入れたいのだと言って仕事を精査し始めている。花の育成、開発、輸出入はもっぱら得意な会社と提携し、時に買収し、人を入れ替え、自分が望む成果を出し続けている。

それもこれも自分の看板で来る仕事のブランド力を不動のものにするため、そして恐らく、次世代の斗真たちに仕事を渡すためだ。一つ年下の史弥にも会社の柱をどこか任せるつもりなのだろう。自分から見れば、弟の方がずっと母と気が合うし、瞬子のやりたいことを秒でわかる天性の勘の良さとともに、美と意外性を追求する才能を備えている。親から見てもそれは明らかだろうに、瞬子は何かと言えば斗真を呼んで先に意見を言わせた。

弟は良き家族であり、恐らく一生のライバルになる。弟を怖いと思ったことはないが、弟に生まれた史弥を不憫に思うことがある。明らかに自分と瞬子との間で気を配り、空気を読みながら家の中を泳いでるように見える。

「先週も抜いたのに、あっという間に雑草が生えている。兄貴、早かったんだな」

隣に立った家族という波間の泳ぎの名手が言った。史弥が同じように座って雑草を抜き始めた。

「結構雨降ったしな、っていうか、お疲れ様だろ？ 史弥。おれ一応先輩なんだけど」

「へいへい。先輩、お疲れ様っす。いいじゃん。誰も見てないところだったら。あ、それ、今日のお花に使うの？」

「いいかなって」

ハサミを入れて水切りした紫つゆ草を指さしている。

「この河原撫子とも微妙に違う紫というか桃色というか、自然界の花の色ってほんとに同じ色がないいね」

「そうだな」

しばらく、黙々と雑草を抜いた。後ろでお疲れ様ですと言う声が何度か聞こえて部員が集まり始めている。

「兄貴、これ、雑草だよね」

隣で史弥が破れた傘のような野草を根元からぐっと握っている。抜きかけている。斗真は思わず土を押さえた。

「いや茶花だ。花は終わってるみたいだけど、破れ傘」

「あっぶね。抜くとこだった」

史弥も根を戻している。

「地味だからね」

「だめだ。俺、やっぱ茶花はどれも一緒に見える」

史弥が額の汗をぬぐっている。

茶室の床の間に生ける花は生け花とはまた別だ。茶花と言ってたいていの花材は野山に育つ野草だ。

瞬子と品種改良のアイデアを出し合うほどこれからの花産業に積極的な史弥は、園芸部に入るものだとばかり思っていた。だが、入学初日から茶道部に顔を出し、自ら斗真の弟だと自己紹介をして入部届を置いていった。理由は茶席に飾る花は花屋で売ってないからだそうだ。実際覚えるのに苦労をしている。

「茶花はどれも野草だからそのうち覚えるよ」

「破れ傘か。確かに、これ差しても雨はしのげないな」

史弥が埋め直した破れた傘のような葉をつついた。斗真は史弥の手元に花をつけた破れ傘を見つけて指さした。

「その破れ傘はまだ花がついてるから、今日のお花に加えよう。九月の茶室だ。秋雨が始まる頃だし」

「よっしゃ。じゃ、このくらい？」

史弥が花のついた破れ傘の茎を指さしている。

「そうだな。もう少し下で切ってもう一度あとで水揚げしよう」

「了解」

史弥が慎重に破れ傘を切って、バケツに入れる。

「史弥、先に床の間に花を生けてきてくれ」

「え？」

「できるだろ？」

「あ、うん……」

史弥がバケツを抱えて立ち上がり、腰をそらして伸ばしている。

「それと」

斗真が言いかけた言葉を遮って史弥が言った。

「わかってる。夏の花は五種までで、花は」

「『野の花のように』」

最後のフレーズを斗真とハモった史弥が紅葉楼の玄関に消えた。

椿の肥料は九月と三月。茶庭日誌に年間のスケジュールを先輩たちが書いて貼り付けてくれてある。確か夏休み中に肥料を取り寄せてくれると学校主事の岸谷さんから聞いていた。だが、斗真は椿の根元に肥料を見つけ、取り寄せてくれただけではないことに気付いた。今日の日付で肥料をまいた記述がある。

斗真は誰もいない茶庭で、椿の根元に一礼すると茶室に足を向けた。

お疲れ様ですと声をかけて水屋に行くと、お疲れと二年の錦生が浴衣で迎えてくれた。この呉服屋の末っ子長男は着物文化をこよなく愛している。

九月の初回の練習だから浴衣に白足袋でお稽古しようと連絡を回してきたのは新副部長の錦生だ。早速、一年の月城《つきしろ》亜藍《あらん》に浴衣を着付けている。

亜藍はこの街で最も古い神社、紅葉山神社の息子で、家業経営クラスだ。神殿でお神楽を舞うという亜藍が自分で着付けられないはずはないのだが、錦生の着付けを手伝うという申し出を断れなかったのだろう。

亜藍は弟の史弥と同じクラスで最初は書道部に在籍していたが、紅葉山神社に茶室があることから史弥が茶道部にも誘った。古典や禅語に詳しい亜藍にその時その時に合った短冊を書いてもらいたいのだと言って口説いたらしい。

三年の元副部長の早乙女《さおとめ》一紫《かずし》は、書家であり海外でも有名な水墨画家早乙女紫蘭《しらん》の長男だ。

色白でモデルのような美青年の一紫は自身も水墨画を描く人だ。茶道部でもテーマに沿ってその場で短冊や色紙を描き上げ、独自の茶席を作っていく。禅語や季節の言葉とともに描かれる季節の花々や干支は、墨の濃淡一色なのに生き生きとしていて自然と色が浮かんで想像できる。斗真は夏の茶花に白を組み合わせることが多かったが、そんな時は、一紫は取り合わせをさりげなく褒めてくれ、白を描き分ける練習にしたいからと、茶花を持って帰った。

史弥はそんなやりとりを見ていて刺激を受けたようだ。みんなでテーマを話し合って作っていく茶会を一年メンバーでも実現させたいらしい。

紅葉山高校の茶道部は二年が三人、一年が三人だ。三年生も三人在籍していたが、一人が三年の一学期末に転校したこともあり、夏休み前に引退を宣言し、二年に部長、副部長、会計の職をそれぞれに引き継いでいった。

三年には早く引退しなくてはならない理由がそれぞれあったと聞いているが、恐らく、それは、自分たち二年のバランスの悪さを心配してのことだろうと斗真は思っている。物心ついた頃から茶道と親しみ、一人いれば茶会のすべてをこなしてしまえる柊、花以外のことはほとんど初心者の自分、着物文化に関わる芸能はすでに一通り広く浅く習得済みの錦生。狭い茶室で三人で座していても広い校庭の端にでも座っているかのような距離を感じることがある。今の一年の方がどこかお互いを必要としているように思える。

お互い幼い頃からのなじみだという柊と錦生。そして、高校から一緒の部活になった自分。だから、一人孤独に感じることがあるのかと思ったこともあったが、そうではないと思った。

柊のどこか人を寄せ付けようとしない雰囲気が二年の部員の間に大きな溝を作っている。だからと言って誰かを見下しているというわけでもなく、どちらかというと人をいつも優先し、相手の気持ちを理解し、大事にしており、自分のことは後回しだ。けれども、一歩でも自分たちが彼に近づこうものなら、見えない膜のようなものの中に柊一人が収まってしまう。何かから逃げるように。例えば、学園祭や不特定多数の人にお茶をふるまう野点、新入生の歓迎会など、部員一丸となって盛り上がりを見せ、それに対して精いっぱい同調しているように見える柊だが、その一瞬あとにはまた自分の周りに膜を作った。

錦生でさえも、柊の周りにある薄い膜のような空気を取り払おうとしている時がある。一度だけ、そう感じた時に錦生にそのまま伝えてみたことがある。そうすると錦生は驚いたような顔をして言った。もしそう見えるならそれはきっと自分のせいだと。だが、詳しいことは教えてくれなかった。それよりも、錦生はそう見えるなら、一緒に柊のあの膜を溶かす方法を探してくれと言った。具体的に何をしてくれと言ったわけではない。恐らく、三年は同じことを感じていたのかもしれない。だから早めに引退した。二年が中心になって部活を動かしていくことで、いつも遠いところに心を置いた柊が変われるように。同じ場所に心を置いて、そしてその胸の内を一緒に共有できるように。

茶室に戻ると史弥が竹かごにさっき渡した茶花を生けていた。斗真は待合にしている手前の畳の間で、浴衣に着替えながらその様子を見ていた。野にあるように生けるのは意外と難しい。フラワーアレンジメントでは迷いなく、薔薇でもカサブランカでもざくざくと生ける史弥も何度も首をひねりながら直している。大きく肩を落としたのはため息をついたからだろう。黙って後ろから見ていたら、気が付いた史弥が斗真をにらみ、慇懃無礼《いんぎんぶれい》に頭を下げた。

「先輩～。見ていただけませんでしょうか」

斗真に手直しを要求している弟に、拝見いたしますと言って床の間の前に座った。

花が全部正面に向きがちなところをいくつかランダムに斜め方向に向けて生け直す。後ろでうーんと史弥がうなっている。

着付けの終わった亜藍の背中を押し出した錦生が顔を覗かせ、声を掛けた。

「史弥、お花、ありがとう。あとは先輩に任せて着付けるよ」

「錦生先輩。ありがとうございます！　よろしくお願いいたします！」

史弥が足袋をはいて、いそいそと持ってきた浴衣を錦生の前に広げている。

「お疲れ様です」

玄関から声がした。あのトーンの柔らかい声は三年の一紫だ。玄関で靴下をはき替えている。

「副部長！」

斗真が玄関に出て挨拶しようとした。

「斗真、もう副部長じゃないよ」

「あ、すみません」

頭では元、副部長だと思っていても一年以上言い続けた呼び名はなかなか直せない。

「今日、お稽古に参加してもいいかな」

「もちろんです。どうぞ」

「亜藍からも短冊の引き継ぎの続きをしてほしいって言われていたから、お稽古始まるまでに来たんだ。亜藍もう来てる？」

「はい」

「うわお！　一紫先輩！」

史弥の浴衣を着せ終わった錦生が抱きつかんばかりに一紫を迎えた。

「錦生副部長元気だった？」

「はい。元気二百ぱーせんとです！」

「錦生は相変わらずだな。二学期初日から浴衣で練習とは気合が入ってる」

「二学期は文化部のための学期ですから！　なのに、一学期で引退なんて、一紫先輩も菊也《きくや》先輩も……引退茶会もできなかったじゃないですか。絶対、卒業茶会はさせてください！」

錦生はうれしいのか怒っているのかよくわからない言い方で、一紫に絡んでいる。

歴代三年生の引退時には一、二年生だけで主催する引退茶会をしているが、そんな余裕もなかった。柊も気にしていて、この際、卒業式前にでも茶席を設けようという話をしていた。

「ごめん、ごめん。菊也は即、夏期講習だったし、僕も終業式の日の夜のフライトで発って、おととい、日本に帰ってきたところだったから」

「え？　じゃあ、夏休みずっと海外だったんですか」

「うん」

「え、でも、一紫先輩、三年の二学期から進学クラスに編入したんですよね」

「そうだよ。菊也と同じクラス」

汐見《しおみ》菊也は元部長だ。まじめを絵に描いたような人だと斗真は入部した時に思った。責任感が強くいろいろ気にしすぎる。気にしすぎる性格だと自覚している斗真でさえも、そこまで気にしなくてもということがたびたびあった。それ故に茶会の時だけでなく、通常の部活のお稽古のたびに余裕のないところが見え隠れした。そこをいつも副部長の一紫がさりげなくフォローをしていた。誰にでも優しく厳しく指導してくれたこの先輩には謎が多い。そのうちの一つがその編入だ。前例のない編入手続きで新たな規則を学校が作ったと聞いているが、詳しいことは聞けていない。菊也と同じクラスになるために編入したのだろうか。二年の三人の間でさんざん想像を膨らませていてついぞ聞けなかったことを錦生があっさり聞いている。

「先輩、『家業経営』から『進学』って簡単じゃないって聞いたんですけど。前例もまだないって」

「うーん、最初は断られた。ほら、一年の頃からカリキュラムも完全に分かれていただろ。けど、三年の一学期の期末試験、進学クラスと同じテスト受けて学年十位以内が条件ということで許してもらった」

「え？　へ、へぇ」

錦生が裏返った声で返事をしている。

紅葉山高校の学校方針は『その道でプロフェッショナルを育てる』だ。

この学校では家業経営クラスが中堅の公立の普通科の中の上レベルだといわれているが、進学クラスは日本トップクラスの大学に余裕でいくつも通る成績を誇っている。国内だけではなく、海外を一般枠で受験する生徒もいる。

さすがに何位だったのかを聞く勇気は錦生にはなさそうだ。だが一紫なら十位ぎりぎりなんてことないだろう。トップだったとしても涼しい顔をして、割り込んだからそれくらいはとか何とか言いそうだ。

「一紫先輩、今日はわざわざありがとうございます」

後ろから一年の亜藍が顔を出して挨拶している。いつの間にかたすきを掛けて、胸当てのあるエプロンをしている。後ろからふっと磨り墨の匂いが漂った。

「墨は磨った？」

亜藍の顔を見て一紫が言った。

「あ、はい」

そう言った亜藍を伴って、一紫は水屋の文机に一緒に座った。傍らには塗りの大きな文箱が置いてある。中には「春」「夏」「秋」「冬」「全」の仕切りをつけてあり、短冊や色紙が並んでいる。この茶室のための茶会用の掛け軸は数幅あるが、通常のお稽古には自分たちで作った短冊を掛けている。

「で、亜藍、今日のお軸はどうするの？」

「えっと」

亜藍ががさごそと文箱の中を探している音がしている。

「亜藍、自分で書いてみるために墨を磨ったんだろ？　この中にないものを書いてみようよ」

「あ、でも、やっぱり、一紫先輩がお席に入ってくださるなら、先輩の短冊がいいかなと、歓迎の意味と編入のお祝いをかねて」

「歓迎もお祝いもうれしいけど、それじゃいつまでたっても、君たちの茶会にならないよ。一つくらい自分で書こうよ」

「えっと。えっと」

亜藍が小学校の授業参観で指された子供のような声を出している。

斗真は文机の後ろに座って、茶入れに篩《ふるい》をかけた今日の分の茶を盛りながら、聞き耳をたて、亜藍の背中へ気持ちのエールを送る。

二年の中で唯一、書に自信があるのは香道のたしなみもある部長の柊だけなのだ。その柊でさえも、一紫先輩の真似は絶対にできないと言っている。

「教えただろ？」

「どんな気持ちでお茶を飲んでほしいか。季節とか考えて選ぶ」

「そうだね」

「一年生の僕なんかが決めていいんですか？」

「いいよ！　いいよ！　全然大丈夫！」

斗真の横で茶碗を拭いていた錦生が大きな声で言った。

「錦生先輩……」

「ほら、先輩もいいって言ってるよ。それに亜藍、自分に『なんか』をつけたらだめだ。一年生だって部員。茶室の中では上下関係はなしだ」

「わ、わかりました。ご指導ありがとうございます。一紫先輩……」

亜藍は覚悟を決めたように、塗りの箱に蓋をした。

玄関で誰かが靴を脱ぐ音がしている。

「お疲れ様です！」

元気な太い声が入ってきた。一年、柏木榊《かしわぎさかき》だ。和菓子柏木堂次男で、家業経営クラス。史弥が一年の三人で彼らなりの茶会のスタイルを極めたいのだと言ったのには榊の存在もある。茶菓子は茶会の大きな柱だ。掛け軸、お花、そしてお菓子と自分たちの主張をそれぞれ合わせながら、斬新な高校生のための茶会を催したいと言っていた。

「遅くなりました！　親父が校門まで持ってきてくれてたんで、受け取りに行ってました」

榊は白い紙箱を両手で大事に持っている。

「榊！　今日は何？」

錦生が箱を早く開けろと催促している。

「じゃじゃーん。月兎です！　今日は俺も手伝いました！」

斗真も一緒に覗き込んだ。箱の中に白く丸い薯蕷饅頭《じょうよまんじゅう》が並んでいる。その上には兎の焼き印が押してある。饅頭を月に見立て、兎を描いた形だ。

さっきから手直しした花を携帯に撮っている史弥に、斗真は声を掛けた。

「史弥、お菓子は月兎だって」

「あ、了解」

そう言うと、花ばさみを手に持って庭に出た史弥が数分後にはまだ青いススキを何本か持ってきた。水引の合間の後ろに立てるように一本、手前に短く一本入れた。茶庭日誌にも書き込んでいる。

亜藍が真っ白な短冊を見つめながら呟いている。

「ススキ、月兎、九月……」

「どう？　思いついた？」

一紫の催促の言葉に亜藍が何度も口をぱくぱくさせながら言った。

「あの、その……『いつもここにいる』とかでもいいですか？」

「というのは？」

「九月が生徒の自殺が一番多いって聞いたことがあって」

「うん」

「学校に行くのって久しぶりだと怖いじゃないですか。突然居場所がなくなっていたりとかして、誰かから謂れなく冷たくされてるような気がしたりとかして、だから、何かそう思う人の力になれるような言葉がいいなって」

「人の力になれるような、か」

持ってきた饅頭を主菓子《おもがし》用の器に移している榊以外は全員、文机の周りに集まって二人のやりとりを聞いている。亜藍は考えた心の内を話し始めた。

「はい、あの、月はいつも頭上にあって、僕たちを見てくれていて、それで、僕たちもこの茶室はいつでも誰にでも来てもらえることを目指していて」

隣で錦生がうんうんと頷いている。

「僕も、書道部だけだったらこんなに楽しくはなかったかもって。史弥に誘ってもらって、誰かのために何かを書いて、それを見てもらえるっていいなって」

後ろで史弥が得意げに頷いている。

「それで、先輩の御軸の水墨画を見て、なんかすごい感動して、ああここにいて自分もみんなと一緒にいい時間を作る手伝いをしたいって。ここに来れば誰かが待っててくれるって思えるようになったんです」

「それは、ここは誰でも歓迎で、自分にも役割があるって感じられるってことかな」

「変ですか」

「いいんじゃないか。『いつもここにいる』か。飾らない言葉で、心に残るよね。読んだ人を受け止めてくれているような、それでいて何かを問われているようでもあって。うん、穏やかに心と対話するための空間にふさわしいと思う。書いてごらんよ」

「はい！」

そこからは早かった。亜藍は何度か半紙に練習をして、最終的に短冊にかな文字で「いつもここにいる」と書いた。一紫が白い空間にさっと満月を描き足す。

亜藍が乾いた短冊を短冊用の掛け軸に据え、床の間に飾り終えた時、すでに浴衣に着替えた柊が茶室に入ってきた。

「すみません。今日、日直で、遅くなりました」

「お稽古今から始めるところだ。柊」

柊が床の間を見て頷いた。

「ありがとう、錦生。一紫先輩も？　見に来てくださったんですか。ありがとうございます」

「お邪魔してるよ、柊部長。夏休み中も一度も手伝えなかったし。この短冊いいだろ？　亜藍の初短冊だ」

「はい、今日にふさわしい短冊です。ありがとうございます。先輩、今日はそのために？」

「あ、うん、それとあとでちょっと」

一紫が言いにくそうにしているのを見て、柊がではあとでと頷いている。

「お稽古始めましょう。今日はお薄の初飾《しょかざ》りからで」

柊がそう言って茶席に入って座った。部員も全員が席に座ると扇子を前に、お稽古始めさせていただきますと挨拶し、それぞれが役割に従って動き始めた。柊が棗《なつめ》を棚に飾った。錦生が水差しを棚の下に置いている。斗真は窯の湯に水を差し、史弥が花に霧吹きで水を吹き掛けた。

水屋では亜藍が茶碗に茶巾を入れ、その上に茶筅と茶杓を置く。その横で榊が菓子を取るための湿った黒文字を菓子器の蓋の上に置いた。

今日は久々なので、柊が手本を見せてから一年を中心に順番にお点前の稽古をすることになった。二年は正客と半東とお詰を順に務める。

正客は床の間そばの上席といわれる場所に、お詰は茶席の末席に座り、茶を供される側として茶席の進行を手助けする。半東は、お点前をする人に二服目の茶碗を差し出したり、お菓子器を引いたりと、もてなす側として主人やお点前する人を手助けする。

部員全員が席に入ると柊が菓子器を持って茶室に入ってきた。

全員が居住まいを正し、流れるようなその所作を目で追った。

三

校舎を出ると富樫はとぼとぼと紅葉楼を目指して歩き始めた。校庭を横切る風景はいつもと同じなのに、何となくいらいらした感情が伴う。懸命に練習するスポーツ推薦の生徒に恨みはない。けれど、これから茶道部に告げなくてはいけない事実を考えると誰かに八つ当たりしたい気分だった。だが、決まったことは仕方がない。そして、茶道部の部員たちが自分の言うことを素直に聞くとも思えない。

紅葉楼の露地門をくぐった。

茶庭の奥に広がる池。茶室からも水面が見える情緒のある池だ。

がさりと池の方で音がする。まさかと思い、音のした方に歩いた。しゃがんだ学生服の背中が見える。池に覆いかぶさろうとしているその姿は今にも池に飛び込みそうな勢いだ。池の畔に何かを投げているようにも見える。

その姿がぐっと前に出た。

富樫は走った。

「早まるんじゃない！」

その背中に手を伸ばしたとたん、人影がこちらを向き、富樫の伸ばした手が相手の胸を押した形になった。

「うわぁ」

後ろ向きに池に落ちたのはさっき職員室に来ていた平賀だ。よく見ると平賀がはまった周りにはパンくずが散らばり、人にかまいもせず鯉がパンくずに群がっている。鯉に囲まれた情けない顔の平賀が富樫を見ながら立ち泳ぎをしている。

手を出して引っ張り上げた。

「富樫先生？」

「平賀？」

後ろから声がした。

茶室側の障子が全開して、部員全員がこちらを見ている。

「いや、すまん。ちょっと早とちり」

富樫はそう言いながら平賀と一緒に茶室に座った。平賀の学生服は茶庭の竹垣に干され、本人は代わりに錦生が余分に持ってきていた浴衣を着ている。

「平賀とは同じ中学で、僕が誘ったんです。お茶でも飲みに来てくれって」

錦生がそう言いながら平賀の頭にタオルを載せた。平賀が頷いている。

木更津錦生は二年の中でも一番社交的だ。相手のことをよく見ている。平賀の事情も知っているのかもしれない。

「来るんなら、連絡くれればよかったのに。平賀」

「いや、木更津、稽古の時は携帯持たないって言ってたから」

平賀がそう言いながら、丸刈りの頭を拭いたタオルを几帳面に畳んで膝の上に載せた。

「あ、そうか、ごめん、ごめん。はい、僕と半分こしよう」

錦生が隣で饅頭を二つに割って、懐紙ごと平賀に持たせている。錦生が手でつかんで食べるのを見て同じように食べている。同じものが富樫の目の前にも置かれているが、これを手でつかんでいいのかどうか迷っていると、隣の三年、一紫が、この「じょうよ」というお饅頭は手で食べていいんですと優しく教えてくれた。確かに昔も同じようなことを別の世代の部員に教えてもらったことがあった。たまにしか付き合わない稽古だと断片的にしか覚えない。今でさえ、畳の縁を踏まないこと以上に自信を持って覚えている作法はない。

「それに、いざ茶室の前まで来たら、すごい静かで入りにくくなって、昼飯に残したパンくず鯉にやってたんだ」

鯉の必死に食べる様子が可愛くてついつい前のめりになったのだと、平賀はなぜ池に覆い被さるようにしゃがんでいたのかを説明した。

点前座で茶碗にお湯を注いだ史弥が茶筅を振った。しゃしゃしゃという竹が陶器を打つ音が静かな茶室に響いた。そっと茶筅を引き抜いて畳に置いた史弥が茶碗を正面が客側に向くように回して畳に置いた。同時に末席に座っていた斗真が立ち上がった。それを見て錦生が平賀に言った。

「平賀のお茶が点ったみたいだ」

「え、俺、まったく作法知らないよ」

うろたえて身を小さくしている平賀の前に茶碗を置いた斗真が礼をする。

平賀もつられて礼をした。茶道口から出てきた柊が富樫の前にも茶碗を置いた。水屋で別に点てた一服のようだ。

「気にせず飲めばいいんだよ。ここはそういうところだ。な、新部長」

富樫がそう言い、茶碗を引き寄せた。

「はい。どうぞ、お楽に、好きなようにお飲みください」

柊がそう言い、斗真と並んで茶道口の方に座った。隣で、錦生が茶碗の正面を四十五度くらい時計回りに回して正面を避けるんだと平賀に言っている。手元に茶碗を残していた錦生がその作法を実践し、その真似をして平賀が飲んだ。

「あ、そんなに苦くない。おいしいんですね」

平賀がほっこりと微笑み、点前座にいた史弥が会釈をした。

「床の間の言葉もいいじゃないか。新作か？　亜藍？　いや、一紫のかな？」

富樫の問いかけに一紫が答えた。

「共作です。字は亜藍です」

床の間に掛けられるお軸には茶会のテーマが掛けられるんだと錦生が平賀に説明している。

「一年の月城君がさっき書いてくれたそうです。お客様に短冊の説明をして差し上げてください。月城君」

柊の言葉に亜藍は居ずまいを正して、一礼すると説明し出した。

「えっと、今日のお軸は『いつもここにいる』です。お月様はいつもそこにいて見える時も見えない時もずっと変わらず僕たちを見守ってくれている。この茶室も、いつもここにあって、誰でも、いつでも歓迎したいという意味で書きました。お月様は一紫先輩の作です」

「いつでも歓迎……」

平賀がじんわりその言葉を味わっている。

「ここって、初めて来ました。立派な造りなんですね」

「ここは、この高校に土地を売った方の持ち物でした。もともと、紅葉山を借景にこの場所に建てられたので、この場所から茶室を動かさないことが土地を譲る条件だったと聞いています」

柊が説明した。

「借景って何ですか？」

「借景というのは、なにがしかの自然風景を庭の奥に配して庭を造り、背景を借りることを言います」

借りる景色って書くんだと隣で錦生が言い足している。

「有名な借景としては、比叡山を背景に建てられた京都の修学院離宮かな」

反対側で斗真も補足した。

「じゃあ、ここは本当に」

「いつもここにあり、私たちもいつもここにいます。平賀さん、いつでもいらしてください」

柊の言葉に茶席の全員が平賀の方を向いて頷いた。

平賀の顔がほころんだ。

昼休みに背中を丸めて顧問と話をしていた彼の表情とはまるで違う。富樫は今日の彼にこんな時間があってよかったとあらためて思っていた。

二席目

なくなる二つの大切な場所

一

二年にだけ残ってくれと顧問の富樫に言われ、柊は終礼のあと一年を先に帰した。あとは茶室の鍵をかけて返すだけにして二年の三人が一列に座った。障子を全開にして夕景を見られるようにした。遠くの紅葉山が夕闇に染まっていく。

富樫は国語の教師でもともと書道部だけの顧問だったが、数年前に茶道の心得のあった教師が辞めた時、茶道部の顧問も兼任したと聞いている。なので、よほどの用がない限り、茶室にも入らないし、連絡事項も部活以外の時間で済ませる。なのに、今日は滅多にないことに、一服飲みに来たようだ。よほど話しにくいことを言いに来たのだろう。新たに会計担当になっている斗真は早速、予算を削られるのかなと柊に言った。部活の備品を買う以外は大きな出費はないものの、毎年それほど余るわけではない。削られるなら学園祭もそれなりに考えなくてはならないと思ったが、一年が帰る前に富樫からは学園祭に使う予算についても特に問題ないという返答をもらったばかりだ。学園祭は今年も十月の最終土日に行われる。二十五日、二十六日の二日間だ。

茶庭を背に富樫が正座したり、足を崩したりしながら夏休みはどうだったと、さっきから同じようなことばかり聞いている。錦生が先生の方こそ夏休みどっか行ったんですかと聞き、富樫は特にはと心ここにあらずの返答をしている。

「先生、お話というのは？」

とうとう柊が切り出した。

富樫が覚悟を決めたように正座をし、タオル地のハンカチで顔中を拭いた。

「すまん、学園祭の話をしたあとで、こういうことを伝えるのも辛いんだが、今日、校長に呼ばれた。夏休みの間の理事会で決定したんだが、この茶室は学園祭のあと、使えなくなる。学園祭のあとの稽古は、しばらく、紅葉山神社の宮司さん宅の茶室を借りて行う」

「使えなくなるっていつまでですか」

柊は聞いた。どこか修理が必要なのだろうか。夏の間に何度か集中豪雨があった。建物に何か問題でも起きたのだろうか。

「先生、ここ、どこか修理するんですか？」

隣で柊が聞こうとした質問を錦生がした。

「……いや、修理ではない。移築されるんだ。買い手が決まり次第この場から学校外へ移築される」

一瞬、誰も何も発しなかった。

近くで飛び立ちながら鳴く鳥の声がし、さらにその声が遠ざかっていった。

「買い手ってことは、この茶室を売るってことを言ってますか。先生？」

斗真が言っている意味を明確にしたいというふうに言葉を句切って質問した。富樫がうなるように頷いた。

「移築って。先生、借景を守るために紅葉楼を動かさないっていう条件でこの学校を建てたんですよね」

錦生はさっき平賀に説明した柊の言葉をかぶせて質問をしている。

錦生も斗真も膝頭が前に出て畳の縁をまたいでいる。同じ分だけ富樫が下がった。

「それは先代の話だ。いや、今はもうお孫さんしか残っていないそうなので、先々代の話か。紅葉楼はこの学校に寄付された。だから今は学校の所有物だ。理事会から元の所有者のお孫さんに一応この茶室のことを確認したらしいが、こだわりはないらしい。茶道にも、茶室にもまったく興味がないとのことだ」

「売る理由は何ですか」

柊が言った。

世代が変われば考えも変わるだろう。けれど、紅葉山を借景にした茶室を残したいという気持ちは元の所有者の孫にはなくても、自分たちにはある。少なくともここにいるメンバーはそう思っているはずだ。文化部でここを使ってきた卒業生たちを含む生徒皆が。その思いを無視しても売る理由が聞きたかった。

「水泳部の強化のためにここに温水プールを造ることになった」

錦生が嘘だろと言い、斗真は息をのんでいる。

あの始業式の表彰式で手を振っている水泳部のメンバーの誇らしげな顔が脳裏によみがえった。だが、彼らが悪いわけでも何でもない。学校は力を入れるべきところにお金をつぎ込もうとしているだけだ。

「庭は。庭はどうなるんですか。池は。水生植物たちは？」

斗真がかすれた声で聞いた。茶花が野にあるように咲いているこの庭を誰よりも大事にしているのは彼だ。

「つぶすことになると思う。あの池も埋め立てる」

「そんな……」

「斗真、聞け、だから、三人に頼んでる。校舎の中の生活科学の和室を拡張して、茶室に造り替えてくれるそうだ。柊、錦生、二人とも家に茶室があるだろう。大まかにデザイン考えてくれ。業者との打ち合わせにも参加してもらえると助かる。斗真は校舎の園芸部の敷地内にこの茶花と木を移せて育つ場所を相談して決めてきてくれ。もし、移せない植物があるなら、相談してくれるか。茶花のことは園芸部よりお前の方が詳しいだろう」

富樫が言っていることは理解できても、この決定については理解できない。理解できないからわかりましたとも言えない。だが、一現役生徒が何を言おうとたぶん決定は覆らないのだろう。だからあんなに言うのを躊躇した。柊はそう思いながら、富樫の視線の落ちた顔を見た。ここに来るまでにどう自分たちを説得するかさんざん考え、どうあっても自分たちが納得するはずがないと思っていたに違いない。タオルハンカチを握りしめた手は力が入りすぎて白い。

柊は目の前の出来事を頭上高くから見下ろしているような気持ちになった。

「先生！　どうしてですか。温水プールはなぜこの場所に必要なんですか。温水プールが必要ならあのおんぼろ屋外プールをつぶせばいいだけじゃないですか！」

錦生がここからは見えないプールの方向を指さして言った。これまで水泳競技にどんな力も入れてこなかった紅葉山高校の屋外プールは確かに、在校生が見ても年季が入っている。そして、屋外プールの敷地はこの茶室の隣だ。

「温水プールを造るには億の資金が必要だ。それに温水プールを造るのは水泳部のためだけじゃない。スポーツ推薦クラスを支えるためのリハビリ施設を見込んでいる。屋外は屋外で造り替えが検討されている。この学校は八割のスポーツ推薦クラスの生徒の行く末を幅広くサポートするために投資しようとしているんだ。リハビリだけではなく、水球、飛び込みというプールを使用する競技を視野に入れての大規模なプロジェクトなんだ」

「スポーツ推薦クラスだけのためなんですか。僕たちのことは？　ここを使っているのは茶道部だけじゃないんですよ。少数派は無視されるんですか！」

錦生は怒りが収まらないのか仁王立ちになって、叫ぶように言った。両手の握りしめられた拳が震えている。

「落ち着け錦生。こんなことは言いたくないが、家業経営クラスは経営の授業が本業だ。部活はおまけだ。もっと言うなら進学クラスの生徒の部活動所属の義務はない。推奨もされていない」

斗真が錦生の手に触れて、錦生はがくりと膝をついた。

富樫は二枚目のタオルハンカチを出してしきりと汗を拭いている。

「夏休みの間に査定が行われた。専門の不動産業者がこの茶室なら高く売れるだろうと保証してきたんだ。茶室ごと買い手がつくかもしれないし、解体しても価値のある材料が使われていて買い手がつくらしい」

「解体って……？」

　斗真の震えた声が言った。

「綾離宮の修復者ゆかりの宮大工が造ったんだ。もしかしたら国営の庭園に引き取られるかもという話も出ている」

「国営……」

　斗真がおうむ返ししている。

　この茶室は国管轄の綾離宮の月珠楼を模したといわれている。月珠楼は観月、月を観賞するための茶室。ならば、国が引き取るかもという話はあながち嘘でもないかもしれない。

「都内の博物館の近くに移築される可能性もある。そうなれば、ここよりももっとたくさんの人に利用してもらえる可能性だってあるんだ。それにそれなりの団体に買い取られれば、維持費の工面に苦しむこともない」

「けど、紅葉山はここにしかありませんよね」

　錦生は、国営庭園も博物館も関係ないとばかりに紅葉楼がここにあるべき理由を言い続けている。

「まあ、それを言ってしまえばそうなんだが」

「いくらあれば、ここは売らなくてもいいんですか。寄付があればいいんですか」

「錦生、お前何を言っている」

「だって、結局はお金の問題なんでしょう」

より一層、錦生に詰め寄られた富樫はうなるように説明した。

「そうかもしれんな。だが、一過性の金の問題だけじゃない。数年前に傷んだところを修復した時にも維持費が問題になったと聞いている。文化財に指定されているわけではないから、丸ごと学校の負担になる。年月が経てばそれだけ修繕費はかさむだろう」

錦生が反論しようとして口を開けたが、その前に言ったのは斗真だった。

「それでも僕も聞きたいです。ここを残すにはいくらあればいいんですか」

斗真も金額を聞いた。

どうなる金額でもない。無理をして何とかなる額を富樫が言うとも思えない。

柊は少し前に出て言った。

「わかりました」

「柊！」

錦生が自分を呼ぶ声がどこか遠くで響いているような気がした。大人の事情に何の力もない高校生が太刀打ちできるはずがない。

「部長、みんな、俺も不本意だ。申し訳ない」

すっかり暗くなった茶室の畳に富樫が両手と額をつけた。

「鍵を職員室に返しに行くから先に帰っててくれ」

柊はそう言って鍵を手に職員室の方へ足を向けた。もう辺りはとっぷり暮れてしまっており、校庭を照らすライトで茶室の周りは濃い陰影ができている。

「柊、本当にそれでいいのかよ」

錦生が後ろから言った。

「それでとは」

「ここのことだよ。ここはなくならないって、さっきもそう言い合ったじゃないか。みんなここで待ってるって」

「茶道部がなくなるわけじゃない」

そう、茶道部がなくなるわけではない。学校側も校舎の中に茶室を造っていいと言っている。学校側も八割のメジャーのためだけに投資をしているというイメージは残したくないのだろう。運動施設はほとんど使わない家業経営クラスと進学クラスの学費はスポーツ推薦クラスと同じだ。それに、錦生があれこれ反論した質問に即答していたということはきっと、富樫も精いっぱい同じように校長に他に選択肢はないのかを聞いたに違いない。

「だけど。あんな鉄筋コンクリートの中に今みたいな空間作れるわけない」

「やってみないとわからないだろ」

「けど、何代もここでお茶をしてきた先輩たちの思いも全部壊してしまうのかよ」

「卒業生が学校に戻ってくることはほとんどない。それに学校の持ち物であって、俺たちの持ち物じゃない」

錦生とは長い付き合いだ。自分の物わかりの良さはわかってるはずだ。

だが、今度は斗真が言った。

「柊が初めてお正客をしたのって、ここの学園祭だったたって言ってたよね。十歳だったたって」

思わず鍵を持った手に力が入った。

五歳からお茶を始めて小学校高学年には茶会を主催することはなくても、お点前はもちろん普通の大人と同じように茶席で何でもこなした。火周りは祖母と一緒でないと扱わないというルールがあったくらいのものだ。学園祭の茶会なら誰に迷惑をかけることもないだろうと、祖母と参加した初めての外部の茶会だった。

祖母は主催者に許可を得て初めて柊に正客を務めさせた。毎日のように祖母に仕込まれた客席での作法や亭主への問いかけ、同席する人たちへの挨拶は柊にとって場所は変わってもすべて稽古の延長だった。

十歳の子供が大人顔負けの正客ぶりで、相伴客への挨拶を終えると自然と茶室で拍手が起こった。自分に向けられたものだとは家に帰ってくるまでわかっていなかった。おばあちゃん、なぜみんなは終わった時に拍手したの？　僕もすべきだった？　聞いた柊に祖母は笑っていた。

あれから七年。あの時はずいぶん広い茶室だと思っていたのに、高校に入ってすぐに訪れた茶室を見てそれほど広くはなかったのだと知った。自分が大きくなってしまったのだから当然だ。斗真の言葉で一気に七年前のあの日を思い出した。何よりも祖母の謙遜しながらも誇らしげな顔が鮮やかによみがえった。

「柊、この学校を選んだのだって、この茶道部に入るためだったんだろう？　本当はなくなるのが一番辛いのは柊じゃないのか」

斗真の言葉が背中に突き刺さる。自分がどんな顔をしているのか知られたくはない。柊は後ろを振り向かずに言った。

「斗真、庭の件、困ったことがあったら相談してくれ。錦生、明日の昼休み、生活科学の和室前で待ってる。お疲れ様でした」

「柊！」

後ろから錦生の声がこだましている。だが柊の頑なに話を展開させない拒絶の背中を察してか、二人が追いかけてくることはなかった。

二

祖母の家の玄関に明かりがついているのを見て柊は後ろめたい気持ちになった。父が訪ねてきたのかもしれない。

今朝、登校途中に会社に行く姉の美麗が駅の近くで追いかけてきた。わざわざ自分と歩きながら話をするために時間をずらして待っていたようだ。表向きの話は今月末の法事日程の確認だったが、本当に言いたかったことは違う。父と一緒にあのマンションの家で暮らしてくれというものだった。晩御飯は父と姉とともに主にマンションで食べている。だが、あのマンションで寝ることは滅多にない。父には空き家は不用心だし、茶室が傷むからと言って主に祖母の家で一人暮らししているが本当の理由は違う。

泊まりたくない理由があるから泊まらないのだ。情けない話だとはわかっていても未だにあの家で寝ると、決まって真夜中に目が覚める。扉の閉まる音がなぜか耳元で聞こえて飛び起きる。自分が寝ている間に出ていこうとしたあの人がマンションの扉を閉める音がする。外界との空気を遮断する、重い鉄の扉がゆっくり閉まる音が。

泊まりたくても泊まれないのだ。

美麗は半年かけて準備していた一人暮らしをいよいよ始めることになったという。

――お父さんの気持ちもわかってあげてよ――

姉は改札をくぐろうとした柊の背中に向かって切実な声で伝えた。

とはいえ、素直に父の気持ちに寄り添う気にはなれない。だいたい気持ちって何だ。家族に対してだって一生わかりたくない気持ちだってある。お互いにわかりあう必要がどこにあるというのだ。今さらだ。朝はそう思いながら電車に揺られていた。ただ、たまには父とゆっくり話をしなくてはと自分でも思っていた。

だが、玄関に並んだ女性物のかかとの低い上等な焦げ茶の革靴を見て、気持ちはさらに重くなった。一瞬、今日だけはこのままそっと出てマンションに帰ろうかと思ったくらいだ。しかし、そう思った瞬間、玄関につづく廊下に人が出てきた。

「あら、柊ちゃん。お帰りなさい」

「今晩は、秋子おばさん。ご無沙汰しています」

柊は玄関で会釈した。

秋子の後ろから晴彦も顔を出した。

「お帰り。柊」

「ただいま」

父の姉である秋子は柊と立ち話をする気もないらしい。鞄を抱えたまま視線はまっすぐに自分の焦げ茶の靴を見ている。

「じゃあ、晴彦。お願いね」

そう言いながら、秋子は靴に足を入れている。秋子の一刻でも早くここから立ち去りたいという雰囲気は、この家に魔物がいて、後ろから追いかけられている様を想像させた。この伯母はいつも考えていることが筒抜けだ。柊は少し意地悪をしたくなった。お互い相性が悪いのは今に始まったことではない。

「おばさん、もうお帰りですか。お急ぎでなければ」

その言葉に大げさなほど秋子は柊に向かって両の手の平を向けた。

「柊ちゃん。お茶を一服なんて言わないでね。愛想がなくて悪いわね。あ、お供えにバームクーヘン買っといたわよ。ほほ、あとでお父さんと食べて」

「ありがとうございます。いただきます」

晴彦も一緒に庭用の草履を引っかけて言った。

「ねえさん、そこまで送るよ」

秋子はひらひらと手を振ってそそくさとガラスの引き戸を引いて、外に出た。空気を勢い良く吸っている。

「いいわよ。ここは駅近いし、便利よね。いろいろ期待できそうだわ」

「ねえさん……」

「じゃあ、美麗ちゃんにもよろしく」

ぴしゃんとガラス戸が晴彦の目の前で閉められた。ついてくるなというような閉め方に、晴彦は踵を返して草履を脱いだ。

柊はいったんガラス戸に鍵をかけると靴を脱いだ。後ろから晴彦が言った。

「柊、話があるから、着替えたらキッチンに。美麗は食べてくるそうだ。今日は寿司でも取ろう」

「わかった」

二階に上がって左側の六畳間を柊の部屋として使わせてもらっている。逆の右側は祖母の部屋になっておりその手前の四畳半は衣装部屋だ。置いてあるのは姿見と二棹の和箪笥のみ。その四畳半に段ボールが束で置いてある。今朝まではなかった物だ。段ボールには引っ越し業者のロゴが入っていた。祖母の遺品整理をするつもりだろうか、もしくは美麗の引っ越しでここから持ち出すものがあるのかもしれない。三回忌まではここを動かすつもりはないと晴彦から聞いていたが、事情が変わったのだろうか。

着替えて階下に降りると、すでに出前の電話をしたあとだったのか、玄関で晴彦がライダー姿の配達人から弁当箱サイズの寿司を受け取っている。最近の出前は早いなと言いながら、キッチンに入ってきて食卓に並べた。

晴彦は自分のために冷蔵庫に入っていたビールを取り出し、柊の前にはペットボトルの水を置いた。

寿司を前に置いておのおの食べ始める。

「話の前に、お前、学部決めたのか」

これが本題ではないと前置きしながら晴彦が聞いた。

「まだ二年だよ」

「けど、学部によって行きたい大学が違ってくるだろ」

「そうだけど」

高校一年の時には進学先についてあまり深く考えてなかった。進学するには社会人としての将来像を持つ必要がある。とはいえ、どのような仕事が自分に向いているのかまるで想像がつかない。何より自分が何かの専門職につくほどの興味や情熱をどこから探し出せばいいのかまったくわからない。

父、晴彦は法学部を出て商社に勤めている。商社の中には法務関連の部署がいくつかあるのだという。若い頃には営業も経験している。だが、父と同じような仕事をする自分も想像がつかない。何より母のように人生をかけ、家族も捨ててしまうような仕事を見つけられるとは思えない。それに怖くもあった。何よりも仕事を大事に考える人生が、そしてそういった仕事を見つけてしまった自分がどうなってしまうのか。

そうはいっても、何となく学部や大学を選んで何となくどこかに就職するのだけは嫌だとも思っている。部活のメンバーを見ているからかもしれない。特に同期の錦生と斗真。家業経営クラスは基本なにがしかの家業等を経営維持、発展させるために勉強している。彼らの中にはすでにどんな形で社会に貢献したいかというビジョンがある。家業なんて足かせだという生徒もいるだろうが、それでもこの学校を選んで入学したからには、家業を発展させたい、もしくは家業を発展させる意味があるのかを見極めようとしているのには間違いない。

自分にも彼らのような情熱を傾けられる何かを探せるのだろうか。いや、探さなくてはならない。頭ではわかっている。

柊が何かを言うのを待っている父に、考えておくと一言いえばいいだけなのに、その言葉が出てこない。

うつむいたままの柊に晴彦が言った。

「年内に三者面談があるらしいから今年中に調べておけよ」

「うん……」

「興味のある職業とかがあれば、話を聞ける人間を探してやることもできるし」

「いいよ。今は何でもネットで調べられるから」

「ま、そうだな」

と言いつつも、いつでも相談にのると重ねて言った晴彦はビールを飲み干した。野菜代わりだと言って冷凍の枝豆を寿司と一緒に山盛りにして並べ、莢の山をせっせと作っている。柊もプチプチと中身を出しながら食べた。

「さすがに言わなくなったな」

父が最後の枝豆を口に放り込むと言った。

「何が」

「おばあちゃんみたいにお茶の先生になるって」

小学生の文集を覚えているのだ。確かに書いた。というか、柊の周りにはそれしか世界がなかった。自分から広げなかったと言うべきかもしれない。あの空間にいさえすれば自分は傷つかないとどこかで思っていたから。

「考えてないわけじゃない。ただ、もっと広い世界を見てからでもいいと思ってる」

「おばあちゃんがそう言ったのか」

「そんなことも言ってくれてたのかもしれない」

正直覚えていないが、祖母はいつもおばあちゃんみたいになりたいという柊の言葉に優しく微笑んでいただけで、何もコメントしなかった。ただただ、茶の道を厳しく指導し、すべての手順に意味があり、日本人が、いや人が生きていく上で大事なものが何かを切々と説明してくれていた。

「そうなんだろうな。あの人ならさりげなくそう思わせるようなことを言ったんだろうな」

できた人だったよなと呟いている。

桧山家は祖父が父の若い頃に亡くなっていて、祖母は地元にある会社で経理事務の仕事をし、父や伯母を育てたのだという。その傍ら、社内の若手にお茶とお花を教えていたらしい。祖母の家に来ていたお社中さんはほとんどがその時の教え子か、関係者だった。柊も、働いていた頃の祖母の話はお社中さんから聞いたことがある。仕事は冷静で的確、けれど、いったん仕事を離れるとあたりの柔らかい人で、年齢性別問わず誰からも好かれていたという。

自分も聞いたくらいだ。父も祖母のことをきっと誰かから聞いたのだろう。

「お父さん、今日早かったんだ」

父の話は秋子の訪問と晴彦がここにいることに関係あるのだろうと、柊が話を向けた。

「秋子おばさんが来るっていうんで、早めに退社して帰ってきたんだ。そうだ、買ってきてくれたお菓子、仏壇から下げてきてくれ。今日はお母さんとおばあちゃんの月命日だからってお供えしてくれたんだ。食べよう」

柊はわかったと言うと、仏壇まで取りに行った。

秋子は供えものに絶対和菓子を持ってこない。茶道も一切習わなかったと聞いている。祖母の桔梗の横で茶を習っている柊を見て、ことあるごとにお母さんのわがままに付き合うことないのよと言い続けていた。わがままという意味がよくわからず、お茶が好きだからと言うと、にらまれたことがある。その顔には可愛くないとか、生意気だといったようなことが書いてあったように思う。

仏壇の横にも引っ越し業者の段ボールの束を見つけた。バームクーヘンの箱をキッチンの机に置いた。晴彦が箱から菓子を取り出して、取り分け、ビールを入れていたコップにミネラルウォーターを入れてぐっと飲み干すと言った。

「今日、秋子だけじゃなくて、不動産屋と引っ越し業者にも来てもらっていたんだ」

「どういうこと？」

「ここを売りたいんだそうだ」

「え？」

似たような話を一日に二回も聞くとは思わなかった。仏間の段ボールを見てもしやとは思ったが、それでも、まだまさかという気持ちが勝っていた。自分に黙って売るはずがないとどこかで高をくくっていたのだ。

紅葉楼が紅葉山高校から移設されてしまうことについて何も言わなかったのは、自分にはこの家の茶室さえあればいいと思っていたからだ。自分が相続できると考えていたわけではない。ただ、何となく自分の意向も聞いてくれるだろうと勝手に思っていた。

「実家を、ここを、秋子おばさんと二人で相続したことは言ったと思う。おばさん、マンションを買う資金にしたいらしい。老後の資金にいい投資物件見つけたらしくて。今月末の三回忌にその話をしようと思ってたんだが、できるだけ早く売りたいからって」

「三回忌まではここはこのままにしておくって言ってなかった？」

伯母の秋子は言い出したら即行動に移したい性格だ。しかも、相続が半々なのであれば二人の問題だ。それはわかっている。だが、三回忌まではこのままでと言っていたのは故人の大事にしていたものについてもっと慎重に考えるという意味だと思っていた。確かにここでお茶を教えてもいない柊にも、まして茶と無縁の秋子や晴彦にもこの家や茶室は無用だ。なら、ほしい人に買ってもらうというのは納得もできる。だが、柊の胸のうちには納得できない何かが渦巻いている。今日、紅葉楼で顧問に反論していた錦生や斗真の後ろ姿を思い出す。あの時にはわきあがらなかった何かに抗いたい気持ちがむくむくと胸をいっぱいにする。

「私も相続税を払うだけで手いっぱいだった。おばさんに貸してやるだけの資金はなくてな」

「けど」

「お前がここに住みたがっているのはわかっていた。けど、お前の家はここじゃない。マンションに帰ってきてくれるか。美麗も家を出るって言ってるし」

「父さん。父さんはそれでいいの？　この家で育ったんだろう」

「それはそうだけど。お前ほどの思い入れはないよ」

晴彦の言葉は重い石のようにずしりと響いた。

「おばあちゃんとあの茶室がお前を育てたようなものだ」

唯一のシェルターだった。母に捨てられた自分が逃げ込める、唯一の場所だった。

「お母さんのこと、もう許してやってくれないか。お前があの家に帰ってきたくないのはお母さんを思い出すからだろ」

「……そうじゃないよ」

いや、そうだ。だから一生帰りたくない。この家にいたいと言ってかなうものならそう言ったかもしれない。けれど、状況はそうじゃない。

大人げない気持ちを自分で否定したい。けれど、矛盾だらけの心の中を整理もできない。そして父親には嘘は通じない。

「五歳でお前を置いて行ったことを恨んでるんだろう」

真夜中に閉まるマンションの扉の音が柊の頭に響いている。重い鉄の音。だが、自分に引き留めることなどできなかった。出ていくことを認めたのは自分ではないし、泣き叫んでも残ってはくれなかっただろう。最初からそんな覚悟ではなかった。母は、桜花はもっと違う次元の世界にいたのだから。

「……恨んでないよ。海外派遣の看護師の仕事は忙しくて家族と一緒には住めないって、別居を承知したのは親父だろう。それに、俺に一度でも聞いたのかよ。それでいいかって、そんなこと聞きもしなかっただろう？　姉貴にも！」

こんな会話は母親が死んだ時にするべきだったのかもしれない。だが、母が亡くなったのは六年前、まだ柊は小学生だった。

「悪いのはお父さんなんだ」

「悪いってなんだよ」

「柊、もう大人だと思うからちゃんと話をする」

「何を」

仕事を選んで五歳の子供を置いていった母親の話にどんな立派な理由があるというのだろう。どんな理由もあるはずはない。だから母は、桜花は一言もいいわけをしなかった。ごめんなさいも言わなかった。覚えている。一度も自分を子供扱いしなかった。

「母さんは最初から結婚を嫌がった。子供を持つ自信がないと言って。子供よりも仕事を優先してしまうことを怖がっていた。それを子供に知られることも。けど、私は、どうしても母さんと家庭を持ちたかった。どうしても結婚してほしい、子供が五歳までは家にいてくれればあとは自由に生きてもらっていいと言ったのは私なんだ」

聞き分けの良い性格はこの人にもらったんだなと柊は妙に客観的な考えに辿り着いていた。そうでもしなくては、自分が可哀想すぎて泣きそうだからだ。母は子供を最初から五歳までしか育てないつもりで自分を産んだのだ。

「けど、お前をすごく愛していただろ。家にいる間はずっとそばにいた。その間、仕事もほとんどしなかった。お前は覚えていないかもしれないが」

母の記憶のほとんどは写真の中にしかない。だが、父の言う通り、いついかなる時も母は自分のそばにいた。だから余計に混乱したのだ。突然、母がいなくなることに。安全地帯はどこにも残されていないことに。五歳で病死や離婚で母を失う子供は自分だけではない。それもわかっている。それでも自分ではないものを選択して母に出ていかれた自分が自信を保つには別の場所が必要だった。祖母と茶室だ。

だが、祖母を失い、そして茶室も失うのだ。

「いずれにしても、俺にここを守る権利もすべもないんだろう」

柊は言った。

「俺が理解できないのはあの人のことじゃない。……理解できないのは……体を壊すまで仕事するってわかってて、桜花さんを止めなかったあんただ」

「柊……」

晴彦の息子を呼ぶ声が震えている。柊は立ち上がった。

「三回忌までには荷物まとめる。それでいいだろう」

柊は晴彦を置いて、二階の部屋に逃げ込んだ。

母、桜花の葬式で父は情けないほど泣いていた。涙でぐしゃぐしゃの顔はそのまま体ごと溶けてなくなるのではと思うくらいひどかった。葬式を仕切ったのは祖母だった。そんなに失いたくないなら、なぜ母を守ろうとしなかったのだろうと子供心に思ったものだ。きっと大人になればわかるのだろうと思っていたが、未だに理解はできない。晴彦の洪水のような涙のせいで、柊も美麗も、自分たちの悲しみのやりどころを失った。

美麗は今日のことを予測していたのだろう。朝のやりとりは少しでも緩衝材になればと、自分を待っていたのだ。社会人になった姉には母の生き様を理解できたのだろうか。母のことを語るのには未だに気力が足りないことをお互いにわかっていて話題にできない。それを考えると、まだ難しいのかもしれない。お互いにあの時流せなかった涙をどこかで流せたら、少しは前に進めるのだろうか。

柊はそう思いながら、ベッドに寝転がり、父が出ていくのをひたすら待ち、そのうち眠ってしまった。

三

「ただいま」

木更津呉服店の勝手口から帰宅した錦生は姉たちのかしましい笑い声が響いているのを聞いて、自然と笑みがこぼれた。錦生の上には年の離れた三人の姉がいる。一番下の三女の椿でさえ、二十三歳、錦生の六つ上だ。その上に二歳ずつ離れて次女の蓮子《はすこ》、その上が長女の菫《すみれ》だ。全員、花の名前だ。両親は自分にも花の名前をつけようとしたらしいのだが、どうせなら花も綾《あや》もイメージできる名前をつけようという話になったらしい。

性格は三人三様だが三人ともそれぞれに仲はいい。特に三女の椿が社会人になってからはより一層、家で姉たちの笑い声が増えた。どうやら着物の箪笥を置いてある和室から声がする。錦生は手を洗うと和室の襖を開けた。姉たちの笑い声と一緒に目に飛び込んできたのは鮮やかな花々。いや、花々を描いた振り袖だ。呉服屋の娘にふさわしく姉たちは各々二枚の振り袖を持っていて、お互いに貸し借りしている。友人、親戚等の結婚式には必ず振り袖だ。

「錦生、お帰り！　待ってたの」

次女の蓮子が言った。

和室の真ん中には長女の菫が長襦袢を着て立っている。その足元で、畳紙《たとうし》から帯を何本も出して並べているのは三女の椿だ。どうやら菫の衣装を選んでいるらしい。

「どうしたの。こんなに広げて、結婚式でもあるの？」

菫は今年二十七歳だ。都内の建設会社に勤めていて、今はその不動産部に所属していると聞いている。年齢的に隔月のように結婚式に出かけているが、こんなふうに念入りに決めているのは見たことがない。

「菫ねぇのお見合いの衣装決めてるのよ」

蓮子が赤を基調とした椿の模様の振り袖を菫の肩に当てて言った。

「菫ねぇ。お見合いするの？」

菫は、一回くらいは経験しておこうかと思ってと言っている。菫にはひっきりなしにデートの申込みがある。今も男友達は多い。だが、家族に紹介している姿は見ない。つまりはこれと思う人にはまだ巡り会っていないのだろう。

「錦生、どれがいいと思う？　勝負着物はやっぱり錦生に決めてほしいな」

姉たちはここぞという時には錦生に勝負服の相談に来る。家で唯一の男性だという意味だけでなく、錦生のセンスを頼りにしているらしい。錦生はデートのコースや相手の写真を見ながらその日に一番彼女たちを美しく、愛らしく見せる服を選ぶ。外したことはない。

菫もたまに意見を求めたが、せいぜい学生時代までだった。お見合いの衣装に錦生の意見を求めているということは、経験しておこうと言いつつも、本人に、相性のいい人であればという気持ちがあるのがわかった。

「どれも似合うとは思うけど、相手の人の写真ある？」

そう聞いた錦生に椿が書院棚においてあるタブレットを持ってきて、写真を一枚映し出して言った。

「これらしいよ。クリスマス男」

「クリスマス男？　何それ？」

錦生が覗いたその写真に生真面目そうな眼鏡をかけた男性が一人写っている。スーツ姿のその男性は、ネクタイが真っ赤で、ポケットチーフが緑だ。顔の部分を拡大した。スーツは無難な濃紺なのに、鮮やかな青緑のポケットチーフと派手な実業家を思わせるような、明るい赤のネクタイがクリスマスを連想させたようだ。錦生は振り袖の合間を縫うように歩くと、一つを指さした。もともと菫が二十歳の時に作った明るいターコイズブルーの振り袖だ。花柄がすべて菫の花のバリエーションでできている、まさに菫用に染めてもらった特注品だ。色白の菫によく似合う。

「帯は白か若しくは濃い緑か群青を。赤はやめた方がいい、あのネクタイ借りもんだよ。たぶん」

「やっぱりね」

菫が何に対してなのか、錦生に相槌を打った。

「こりゃ一発で決まるかもね」

「少なくともあっちは落ちるね」

蓮子と椿がそう言いながら、気の毒にと、まるで、菫が彼を振る前提でお見合いしようとしているような口振りで言い、クスクスと笑った。決まった着物に対して今度は小物の相談になり、着物と帯の上に帯揚げ、帯締めの川が何本も流れては、取り払われる。錦生はその様子を見ながら部屋を出た。

自分の部屋に戻って調べたいことがある。

家に帰ってくるまでの道すがら、ずっと富樫の言葉が頭の中で響いていた。

茶室は売却される。

代わりに温水プールができる。

紅葉楼があの場からなくなる。

紅葉山を借景にしておくことが学校に土地を売る条件だった紅葉楼があの場所から移転する。

茶室の移転を食い止める方法を探したい。錦生だけの願いではないはずだ。自分たちの代の学園祭が最後になるなんて考えたくなかった。

一番ショックだったのは柊に違いない。斗真にそう聞かれて柊が振り向かなかったのがその答えだ。

柊の聞き分けが良くなってしまった理由は自分にある。小学校に上がってすぐのある日、久しぶりに家に遊びに来ていた柊とテレビを見ていた。そのニュースに一瞬映った海外派遣の医師団の後ろ姿を食い入るように見ていた柊。

柊の呟きが今でも耳に残っている。

おかあさん……。

あの時、空港に行こうと言ったのは自分だ。あれはニュースだった。空港に行ったところで柊の母親に会えるはずはない。なのに、あまりにも寂しそうな顔をした柊に空港に行けばきっと会えると言って二人でお小遣いを手に電車に乗った。

空港で保護された時、錦生は引きかけの風邪をこじらせ熱で意識がもうろうとしていた。すぐに救急車で病院に運ばれた。もう少し遅ければ命が危なかったらしい。言い出したのは自分だったのに、柊が自分を連れ出したことになっていた。桧山家から何度も見舞いとお詫びの訪問があったのだと後から聞いた。

あの時の出来事が柊に何かに執着することは危険を招くと植え付けた。成長するにつれ、柊に会うたび、距離を感じるようになった。その距離はどんどんと広がり、たとえ、触れられるほど近くにいても、渡りきれない河の向こうにいるように感じた。

柊はきっとこの決定を受け入れ、そしてまた自分と柊、いや、柊の周りに誰にも渡りきれない溝を作る。

けれど、溝を作るには、河を広げるには本人だって動かなくてはいけない。ならこちら側に連れ出すチャンスでもある。それに、今は二人じゃない、茶道部二年は三人だ。

錦生は部屋のパソコンで、「温水プールの建設費用」「茶室売却価格」など、調べたいと思うありとあらゆる項目を入力して見つけられるだけの資料を集めた。他の私立高校の現状などを書いた資料も探して読んだ。

わかったことは少子化に傾いていく日本において、私立高校に魅力がなければ、統合や廃業が当たり前の世界になっているということだ。

そういう意味ではスポーツ推薦八割という施設や備品にお金のかかる紅葉山高校は、少しでもバランスを失えば、あっという間に経営難に陥る。

一流大学の人気学部受験並みの倍率といわれる一学年わずか三十人余りの進学クラスへの受験希望者と、プロリーグへの入団という道がある球技種目の推薦生徒がこの学校を支えている。公にはされていないが、在学生には中学浪人経験者もいるという。

経営者側の立場に立てば、家業経営クラスの文化部メンバーが大事にしている茶室を売ってでも、リハビリに使えるような温水プールを造るのは学校の魅力を高めるために必要なのだろう。調べれば調べるほど学校側の決定はもっともだと思えてくる。

錦生が何時間ものネット検索のあげくに辿り着いたこの結論を、柊なら一瞬で導き出したに違いない。

「けど、なくなっていいわけないだろ……」

錦生は自分が出した結論とは別の感情がまたわき出てきて一人呟いた。

部屋が控えめに三回ノックされた。ノックでどの姉かわかるのはきっと自分だけだと錦生は思った。立ち上がって、自分から扉を開けた。予想通り、菫が立っている。

「まだ寝てないよ。どうしたの。菫ねぇ」

「さっきはありがとう。ちょっと話ししていってもいい？」

「もちろん」

錦生が大きく扉を開いた。菫は部屋に入るのは久しぶりだと言って、錦生のベッドに腰を掛けた。錦生は勉強机に座って姉の横顔を見る。

「いつ会うの？」

「来月初め」

「そっか。もしかして、列車関係の人？」

「そう、設計士さんだって。何でわかったの？」

「やっぱり。眼鏡のフレームが東北新幹線モデルだった」

菫が思わず笑って相変わらず鋭い観察眼だと褒めてくれる。

「菫ねぇ。お見合い、振り袖より洋服の方がいいと思うよ。あの青緑のAラインのワンピースとか」

姉たちの洋服でお出かけ用のお気に入りは一通り頭に入っている。その中でもライトグリーンに近い青緑のワンピースは菫の細いが、女性らしいシルエットを品良く見せてくれる。

「やっぱり？　私もそう思った。ありがとう。ねぇ、錦生、今日、何かあったの」

菫はやはり帰ってきた時の錦生に元気がないことに気付いていたのだろう。夕食時も頭の中ではずっと茶室のことばかりを考えていた。

「うん。ちょっとね……」

錦生は言葉にするのをためらった。去年の学園祭の茶会の時にも姉たちに着付けを手伝いに来てもらった。今、茶室がなくなると菫の前で言ってしまったら、本当になくなる気がした。それに、それを告げることを考えるだけで声が裏返りそうだ。

何も言葉をつなげられない様子を見て、菫は深くは聞こうとせずに立ち上がった。言いたくないことを察してくれるのも菫だ。蓮子や椿なら話をするまで解放してくれないだろう。特に椿は自分が代わりに何とかしてやると言いかねない。

姉は扉の脇に立つと思い出したように言った。

「ね、そういえば、駅から公園を入った先にある桧山さんって、確か、茶道部の部長さん宅よね。幼なじみの柊君の」

「ああ、そう、柊の家がどうかしたの？　あそこは正確には柊のおばあちゃんの家だよ」

「あそこの家、売りに出るらしいの。明日サイトに載る予定だけど、今日、不動産部で話があって」

「嘘……」

錦生は立ち上がった。

「錦生？」

「何で……」

空港事件のあと、何度マンションを訪ねても柊には会えない時期があった。恐らくあの頃から柊は柊の祖母、桔梗のあの家で過ごすようになったのだ。だからいつもいなかった。クラスも別になり、お互い疎遠な時期が続いていた。だからどれほどあの家が柊にとって大事か知っている。

去年、斗真と二人で茶室に招いてもらった。柊は学園祭の茶会で亭主をしているところを柊の祖母に見せたかっただろうに、彼女は柊がこの学校に入る前に他界してしまった。錦生の脳裏に桧山家の茶庭に面した点前座で、茶を点てる柊の凛とした姿がよみがえった。

「契約書も回ってきたから嘘じゃないと思うけど」

菫の言葉が錦生の頭上を通過していく。

「錦生?」

「菫ねぇ。あの、あのさ、大事なものを手放したくないと思ったらどうしたらいいんだろう……」

菫が戻ってきて、錦生をベッドに座らせて自分も座った。錦生のうろたえた声に菫の瞳が大きく見開いている。

「錦生、誰か好きな人でもできた?」

「あ、うん。いや、えっと、例えば心のよりどころにしていた公園とかを保護して残す方法とか」

建築会社に勤めている菫ならよく似た事案を知っているかもしれない。けど、そのまま相談することもまだためらわれた。姉は例え話とは思わず、まじめに考えてくれている。

「公園？　そうね。その場所がそこを使う人たちにとっていかに必要かを訴えられれば、行政を動かせるんじゃない？」

「行政……」

「行政だけでなくても、今はＳＮＳの活用次第では多くの人の支持を得られるかもしれないわね」

「そうか」

「そんな有名な公園って近くにあったっけ？　ていうかそういう話の映画あったわね」

「へぇ、菫ねぇ。ありがとう。考えてみる」

「そう。何か力になれることがあったら教えてね」

そう言って、菫がお休みと言いながら部屋を出ていった。

それから一時間ばかり、錦生はある思いを形にするためにレポート用紙にプランを書いて鞄に入れた。携帯を取り出すと錦生は茶道部二年のみのＳＮＳを立ち上げて連絡事項を送った。

『茶道部二年連絡、柊、斗真へ、明日、相談あり。放課後、生活科学室に集合のこと』

三席目

守れるものなら守りたい

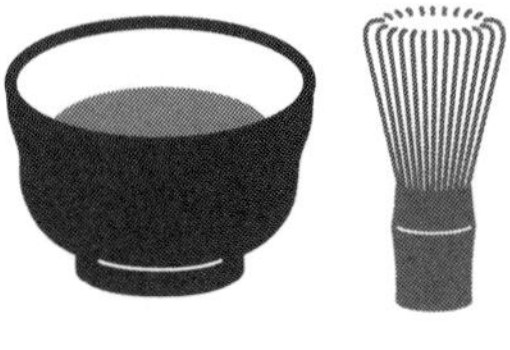

一

生活科学室はいわゆる文化系の実習をするために作られた和室だ。隣が調理実習室になっており、水回りが充実している。小上がりの四畳半に続いて襖の奥に和室の三十畳の間がある。一クラスであれば、なんとか収まる広さだ。もし校内のどこかに茶室を造っていいと言われたら、自分もここを選ぶだろうと柊は思った。

この校舎にはエレベーターも完備されており、三階とはいえ、荷物の搬入も台車ごと入れられる。窓も大きい。季節が感じられることは大事だ。かろうじてこの向きだと紅葉山も斜めになるが望める。

職員室で借りてきた鍵のホルダーに人差し指を入れてくるくると回しながら柊は何度もあくびをかみ殺した。昨日は結局明け方の四時頃目が覚めてしまい、それからは眠れずじまいだった。

祖母の家が、あの茶室が売りに出される。あそこに自分の居場所がなくなることをまだ受け入れられずにいる。祖母と過ごしたあの空間が他人の手に渡るのだ。

茶を点てたければどこでもできる。祖母が生きていたらそう言っただろう。極端な話、野点であれば校庭の芝生でさえ可能だ。戦国時代には武将たちが陣中でも茶を楽しんだというのだから、茶室など一つの空間に過ぎない。昨日から自分に言い聞かせるようにその考えを何度も心で唱えている。

とうとうかみ殺せなかったあくびを盛大に出してしまった時、廊下に錦生の姿が見えた。

「眠れなかった？」

「あ、ああ。まだ寝苦しいだろ、夜」

「そうだね。蒸し暑い」

柊は和室の鍵を開けた。職員室でもらってきた部屋の見取り図のコピーを錦生に渡した。

靴を脱いで小上がりに上がった。学校の中に和室があるのも珍しいのかもしれない。書道部の活動場所でもある。園芸部がここで生け花をしているとも聞く。だが、書道も、生け花も普通の教室でも可能なのだろう。とはいえ、ここを茶室にしてしまうと部活の時間は限られてくるかもしれない。

「いつでも練習できるっていう環境は難しくなるだろうね」

茶会の前になると運動部並みに朝練、昼練をしていた。

「それに、放課後の時間は取り合いになるかもしれない」

「なんかなぁ」

床の間の前に二人で座ってみる。ここは客席になるよなと言いながら、点前座になる場所の畳を持ち上げた。板敷きになっている。

「炉に切ってもらえるってことだよな。ここ」

「そうだと思うけど」

棚を置いたりする場合などいくつか二人でシミュレーションをしたあと、炉の場所を確定させて図面に書き込んだ。茶道口を考えると、入り口付近の四畳半を改造して水屋にしてもらうほかなさそうだ。隣の調理実習室とはつながっていない。

「結構な改造計画になるかもな。でも和室をそのまま全部使えるなら、一席あたりの人数は紅葉楼より多いかもしれない」

柊は黙々と鉛筆書きで図面に水屋を書き込み、調理実習室との通路の可能性などを書いていった。

「この手前の四畳半を水屋にしてしまったら、待合はどうするの？　廊下で待ってもらうって感じ？」

「そうなるかもな」

いずれにしても、四畳半に三十畳分の客を待たせるわけにもいかない。

「廊下に椅子を並べてパーテーションで区切るくらいだろうな」

「廊下にパーテーション？　風情がない……」

せめて屏風がいいと錦生が言いながら、頬に空気を入れて顔を膨らませた。

「予算次第ではもう少し何とかできるかも。建築業者との打ち合わせまでには予算聞いておこう」

「庭も、蹲《つくばい》もない茶室なんて意味ないよ」

こんなところを茶室に変えても意味がないと言いたいのだろう。やる気なさげに錦生が和室に座り込んだ。言いたいこともわかる。柊はガラス窓を開けた。

生暖かい風が吹いている。

斜めに見える紅葉山の緑の一部がもう黄色く色づいている。あっという間に涼しい日がやってきて、学園祭の頃には紅く染まるところも出てくるだろう。

「でも、茶道部は残したいだろ。錦生」

「当たり前だ、柊」

「昨日連絡ありがとう。今日の放課後の話って何？」

「斗真がいるところで話したい。放課後大丈夫？」

「大丈夫だけど」

「俺たちには責任がある」

「錦生？」

柊と並んで窓の外の紅葉山を眺めながら錦生が言った。

「茶道部を存続させるにしても、あの茶室を失う未来の茶道部に責任があると思わないか」

まっすぐな瞳を向けられて柊は視線を逸らして言った。

「……そこまでは思わない」

「嘘だ」

錦生の声を避けるかのように、授業が始まるから出ようと背を向けて言った。

「もし、責任があるとしたら、予算内でできるだけの施設を残すことだけだろう」

柊はそう言うと生活科学室の扉の鍵を閉め、また放課後にと言いながら教室へ足を向けた。

斗真は昼休み、園芸部の活動場所で日当たり加減を見ていた。紅葉楼から校舎を挟んで反対側の敷地だ。

今年は畑でスイカを作ったらしく、枯れた蔓が足元まで来ている。道具小屋のそばには大きな鉢がいくつか置いてあった。水生植物用のものだとしたら睡蓮を移せるかもしれない。斗真は園芸部のクラスメートからもらった図面を眺めていた。と、後ろから声を掛けられた。

「斗真、早速見に来てくれたのか」

振り返ると富樫と学校主事の岸谷が立っている。

「先生、岸谷さんも」

園芸部の実質の指導は岸谷が担当していると聞いている。富樫が一緒に連れてきてくれたようだ。

「岸谷さん、紅葉楼の椿の肥料ありがとうございました。昨日の朝、入れてくださったんですか」

「肥料が届いていて気になっていたんだ。お礼を言われるほどのことではないよ。今年も、植え替えたあとも、綺麗な花を咲かせてくれるといいね」

「……はい」

次に花を咲かせる時には、もう、あの茶庭がなくなっているかもしれない。紅葉楼の売却が急に現実味を帯びて、斗真は一瞬反応できなかった。白侘助と赤侘助はあの庭でずっと大事に育てられてきた椿。秋から冬の床の間の貴重な花だ。だが、移すしかないのなら、せめて、ちゃんと育つところに植え替えたい。

「園芸部の顧問の先生から提案されている場所はあっちだ」

そう言って富樫が道具小屋の奥を指さして歩き出した。

小屋の奥のその一角は耕された跡がある。使ったり使っていなかったりなのだろうか。大きな樫の木があり、木洩れ日が落ちている。

「ここは基本日当たりがいいが、半分木陰にもなる。顧問の先生がデリケートな茶花があれば、木陰になるところに植えてはと言っていた」

「水やりもここなら一緒にスプリンクラーを回すこともできます」

岸谷も土の湿り具合を確認しながら、頷いている。

「そうですか。ありがとうございます」

「さっきの場所に置いてあった鉢も使っていいそうだ。鉢で睡蓮咲かせられるなら」

「そうですね。ヒツジグサですから自然な繁殖は難しくなるかもしれませんが、できると思いますよ」

富樫の提案に岸谷が答えた。

ヒツジグサは日本独特の野生の睡蓮だ。小さい白い花を咲かせる。基本池に育っていれば何もしなくても毎年咲いてくれる。池がなくなるのなら贅沢は言えない。この際、新しい睡蓮を園芸部主導で育ててもらうという手もある。それよりも夏の野草が心配だった。もともとはほとんどが紅葉山から取ってきた物らしいが、同じ物を探しにいくのも大変だ。できれば枯らさずに育てたい。

「岸谷さんが太鼓判を押してくださるならこの場所に移したいと思います。椿も」

「大丈夫でしょう」

岸谷が頷いた。ここに移すことは必須だが、斗真にはもう一つ考えがあった。

「あの、先生、植物も学校の持ち物だとは思うんですけど、上手く育たなかったことを考えて、家でも育てたいんです。あと、柊の家にも茶花を育てている庭があったと思いますし」

「それはかまわないが」

「株分けして育てたいということですか？」

岸谷が聞いた。

「移送の費用は部費以外から出しますので」

父に頼めば自分の家と柊の家まで運んでくれるだろう。それくらいは頼める。

「日程決まりましたら、学校のトラックを出しましょう」

「俺が運転してもいいぞ。トラック免許持ってるから」

岸谷が運搬手段を提供してくれ、富樫が威勢良く言った。教師ってトラック免許必須なんだろうか、変な疑問が斗真の頭をかすめたが、素直に礼を伝える。

「ありがとうございます。じゃあ、二年メンバーと相談してまたお伝えします」

「では、この辺り、茶花の移設用に整備しておきます。じゃ、日程決まったらお知らせください」

岸谷がそう言って、取り決めした場所にいくつか印を入れながら、校舎の方に戻り始めた。

「岸谷さんありがとうございました」

富樫と一緒にその後姿に頭を下げた。

「助かるな。岸谷さん、昔造園師だったらしいから」

「え？　そうなんですか？」

「大きな茶室の庭園を任されていたこともあったとかで」

「だから……あの庭もここもよく手入れされているんですね。いつも先を越されてます。部員でできるだけメンテナンスするようにって、先輩たちに言われてたんですけど」

「まあ、専門家がいる間は甘えたらいいいんじゃないか。もうすぐ定年退職されるらしいから」

「そうなんですか」

何事も変わらないものなどないのだと、暗に富樫から言われたような気がした。

「斗真、昨日、帰ってから史弥に何か聞かれたか」

富樫が言った。

斗真は頷いた。昨日は食後に部屋まで来て何の話だったのかと史弥は聞いた。けれど、水曜日つまり明日稽古があるから部長から話が聞けるだろうと言っておいた。兄貴が二年だからといって家で先に話をするのは後でトラブルになる。史弥はけちと言いながらもそれ以上聞かなかった。言葉にするほど気にしてるわけではないとわかっている。ただ、斗真が水生植物図鑑を見ていたのをちゃんと見ていた。自分よりも人一倍勘のいい弟は遠からずの推測はしただろう。例えば池の埋め立てを言い渡されているかもくらいは。だが、まさかあそこがそっくりなくなるなど想像もしていないに違いない。こちらも冷静に伝える自信はなかった。

「でも、まだ言ってません。学園祭前ですし、来年の学園祭にあの茶室が使えないとは言い辛くて」

「そうか。そうだよな」

予鈴のチャイムが鳴った。斗真は失礼しますと言って校舎に向かって走った。

富樫に言ったことは本当だ。伝えるのは辛い。伝えることを考えるだけでものどの奥が締め付けられる。

柊は淡々と一年たちに伝えるのだろうか。

昨日、斗真と錦生が富樫にかみつかんばかりに抗議していた間も、柊はじっと静かに自分の周りに膜を作っていた。隣で空気が冷えていくのを感じるくらいに。柊とは長い付き合いではないが、この一年、部活で濃い時間を一緒に過ごした。柊の茶に対する真摯な気持ちは誰よりも強い。自分が野草に寄せる思いよりも、錦生が着物に寄せる思いよりももっと。

本当にこのままでいいのだろうか。自分も聞き分けの良い高校生でいいのだろうか。いや、そうあるべきだという気持ちと抗いたい気持ちがぶつかり合い、教室に着く頃には黒々とした気持ちの悪さが斗真の胸にこびりついていた。


放課後、柊が生活科学室の前まで来ると斗真が壁にもたれて立っていた。柊の顔を見ると手を上げて、体を起した。

「今、錦生が鍵取りに行ってる。今日って何の話か聞いてるの？　柊」

「いや、斗真がいるところで話をしたいって昼も話さなかった」

「そうか、茶花の移し場所、昼に先生と岸谷さんとも相談したけど園芸部に借りる土地でだいたい収まりそうだ。けど、できれば予備を持ちたい」

「予備って？」

「多年性のものは枯らした時に苗を分けられるように、複数の場所で育てるんだ。家の庭にも同じだけ品種を植えようかと」

「斗真の家で管理してくれるなら、これからも助かるよ」

「うん。ただ、家は洋花の外来種がメインだから、ちょっと心配で、柊の家の茶庭に重なってない品種があれば植えてもらえないかな。元部長の家なら、枯らした場合でも後輩がもらいに行きやすいだろう」

　柊は斗真の言葉にとっさに反応できずに横を向いた。あそこもなくなるのだと今、冷静に言えるだろうか。いや。厳しい。

「柊？」

「その話……」

　後ろから走ってくる足音にその声がかき消された。

「お待たせ。コピーしてて、遅くなった」

「コピー？」

錦生が慌ただしく鍵を開け、靴を脱いで上がった。畳の間に上がった二人にそれぞれコピーを渡す。一行目には「嘆願書作成について」というタイトルが丸い字で並んでいる。

「嘆願書？」

斗真が聞いた。

「紅葉楼を残してもらえるようにクラウドファンディングを立ち上げる。そのための嘆願書。学校の許可はいるだろう」

錦生が言った。

「クラウドファンディング？」

斗真の瞳が何を急に言っているのだと語っている。

クラウドファンディングはインターネットを通して不特定多数の人から一定の金額ずつ資金を調達する方法だ。そのためのプラットフォームを運営している会社がいくつかある。この方法で資金を調達して映画を製作したという例や、寺院がこういったシステムで修復費用を調達したというニュースを時々目にする。だが、それはあくまで製作されるコンテンツを応援したい、もしくは寺院を修復してほしいという不特定多数の強い思いや協力があってのことだ。つまり、原則、費用が使われる対象物を支持している人たちが一定以上必要だ。

柊にはこんな都心から離れた一学校の茶室にそれほどの関心を集められるとは思えない。だが、錦生はこのアイデアに完全に心を奪われ、その瞳は遠い成功を想像しているのか爛々と輝いている。

「そう。紅葉楼が紅葉山を借景としている茶室ならここから動かしてはいけないと思うんだ。なら、茶道を愛する人たちから寄付をもらえばいい。もしくは、温水プールをこの学校に必要だと思う人たちから寄付をもらえばいいんだよ」

「寄付って……」

「資料は昨日考えてみた。俺文才ないから、もう少し一緒に考えてほしいと思って集まってもらった。まとまったら富樫先生に頼んで理事会にかけてもらって……」

錦生の考えは茶室がこれまで学校の持ち物で、学校はより良い施設のために学校の価値としては低い茶室を売ろうとしている。それなら茶室を街の文化財としてアピールし、市民に使ってもらえるようにすることを前提に寄付を集めるというものだ。寄付のお礼特典は主に茶席への招待、もしくは年間で回数限定の茶室の使用権利。

「ばかな。億のファンディングなんか集まるもんか」

柊は思わず言った。

「億とは言ってないだろ。茶室を売るお金と同じくらい集まればいいんだ。プールの方は学校の施設なんだから補助金だって下りる。全額をファンディングで集めるとは言っていない」

「温水プールはあの場所に造ることを前提としてるんだぞ」

「だからこそなんだよ。茶室はあそこから動かしちゃいけない。絶対あそこにあるべきなんだ。紅葉山のふもとにあるからこその紅葉楼だろ。プールが必要なら、学校はちゃんとそのための土地を買って造るべきなんだ」

「どんな場所も、人も、変わらないことなんてない。だから一期一会なんだ」

「そんなことわかってる、柊。けど今は戦国時代じゃない」

「明日、突然大事な物や人に会えなくなるのは一緒だろ」

「けど、それは、やむを得ない事情がある時の話だ」

学校の経営方針の決定など簡単に覆るものではない。生徒相手に不確定な事実を教師が伝えるはずもない。錦生の気持ちは正直うれしい。けど、認められるはずがない。それを後日受け止めなくてはいけない錦生を見る方が辛い。

「これのどこがやむを得ない事情じゃないいんだ。考えなくてもわかるだろ。バカか！」

柊の言葉に斗真が驚いて声を上げた。

「柊！　言いすぎだ」

だが、錦生は声に怒りを込めてうなるように言った。

「柊。何でもわかったような顔して、本当にそれでいいのかよ。お前、昔言ったよな、茶室こそが自分の居場所だって」

「覚えていない」

「あの時だって」

あの時が何を意味しているのかはわかる。小学一年で錦生と一緒に母の姿を求めて空港まで行ってしまったあと、柊は錦生と同じように熱を出して寝込んだ。熱が引いても起き上がれず一か月学校を休んだ。辛抱強く面倒を見てくれたのは祖母の桔梗だ。錦生が何度もマンションに訪ねてきたと聞いた。一度ならず、祖母の家まで来てくれた。けれど自分は出ていかなかった。会いたくなかった。自分の弱さを突きつけられるような気がした。あれから二人ともあの話題に触れたことはない。柊は今その話題を出されたことに猛烈に怒りがわいた。

柊は手の中にあった錦生のコピーを彼の目の前でゆっくり二つに破った。後ろで斗真の息をのむ声が聞こえた。

「この話は終りだ」

出ていこうとした柊の肩が後ろからがっつりつかまれ畳に引き倒された。錦生が柊に馬乗りになりその胸倉をつかんだ。拍子に頭が上がるぐらい強く。

「俺を怒らせようとしても無駄だ！」

「錦生！　やめろ」

斗真が錦生を止めようと手を伸ばした。

「止めるな。斗真！　俺は嫌だ。何もしないなんて嫌だ」

「錦生……」

首が苦しくて錦生の手を握った。

錦生の手が震えている。柊に怒っているというより、違う何かにショックを受けている。

「何で平気な顔してるんだよ。ここはあがくだけあがくべきだろ！　何もしなかったら絶対後悔する！　聞き分けのいい人間になんかなんなよ！　馬鹿野郎！」

「錦生……」

「失いたくないものは……失いたくないって言うべきだろ……お前そんな簡単なことも……何いいこぶって……心に蓋すんな……」

柊の頬に水滴が落ちてきた。それは錦生の赤い目から落ちてきている。

錦生は柊の制服から手を離し、手で涙をぬぐうと、立ち上がって部屋を出ていった。扉近くで斗真が錦生の名前を呼んでいる。柊は倒れたまま頬の水滴をぬぐった。そのまま自分の涙も。

あの目は何もかも知っているという光り方だった。

そうだ。思い当たった。錦生の一番上の姉は商社系列の不動産業にいると言っていた。錦生は祖母の家が売りに出ることも知っていたのか。

「柊……」

両手で顔を覆い、倒れたまま起き上がろうとしない柊の隣で斗真が正座したのがわかった。

「……斗真、さっきの茶花の件、ごめん、力になれない。あの庭はもうじき桧山家の物じゃなくなる……」

「柊、もしかして。あの家も？　お婆さんの茶室も？……」

柊は小さく頷いた。

隣で長いため息が聞こえた。

静かな和室に校庭から運動部の元気な掛け声が聞こえてくる。毎日のように聞いていた気合の入った掛け声も、今ではどこか耳障りに聞こえる。隣で、斗真が居住まいを崩したのがわかった。

「なぁ、柊。錦生って自分のために何かするやつじゃない。自分のために泣いたりもしない。

……あいつが必死になる時はいつも誰かのためで……」

「……知ってる」

言葉が震える。ガサリとコピーを拾い上げる音がした。

「……ほんと、文章めちゃくちゃだな……」

「にしきだからな……」

「でも、すごい熱意は伝わってくる。よく調べてある」

「だから余計まずいと思った」

「なぁ。柊、俺もあがいてみたいんだけど」

「斗真……？」

斗真の言葉に柊は腕で目をこすりながら半身を起した。

「それにこういう文章、俺、得意だし」

「理事会で承認してもらうなんて無理だ」

「無理かどうかなんてやってみないとわからないだろう」

「通ったとしても、こんな金額……」

「このままこの学校を卒業したら負けかんが絶対に残る」

「負けかん？」

「そう、けど、やるだけのことをやってだめだったとしても、きっと今よりはずっといいと思う。俺は茶道部のためじゃなくて、自分のためにあがいてみたいんだ」

「斗真……」

「柊、何で、あんな強い言い方。柊らしくない」

「……俺は無理に何かをして誰かが傷つく方が怖い」

抽象的な言い方だが、斗真は受け取ったというように、それもわかる気がすると言い、続けた。

「でもさ、柊、何か意見が割れた時にどうするか三人で話し合ったよな。夏休み前に」

三人で部を引き継ぐ時に取り決めをした、多数決で決めると。

柊は頷いた。

「多数決だと柊の負けだ」

してやったりというように斗真が上機嫌に言う。

「俺の負け？」

「そう、柊の負け」

斗真がうれしくて笑いを抑えられないというように、微笑んでいる。それを見ていて、自分もおかしくなって柊は笑った。

「柊、錦生を迎えに行こう。きっと紅葉楼だ」

柊は頷いて、斗真の手から自分の破いた紙を受け取り、立ち上がった。

「その前にやることがある」

柊は鍵を拾いそれを手の中で軽く投げて受け止めた。斗真が理解したという顔をして一緒に生活科学室を出た。

錦生は池の鯉にパンくずをまきながら、くそ、くそと何回も言った。

「破ることないじゃないか。ま、ひどかったかもしれないけど。……お前たちもどっかにやられちゃうのかね……」

ゆったりと泳いでいる鯉が急にばたばたっと散った。後ろからの足音を聞いて振り向くと、斗真と柊が立っている。柊の肩には教室に置きっ放しにしてきた錦生の鞄が担がれている。

「何で？」

斗真が錦生のコピーとノートパソコンを持っている。

「これ、作り直そう」

柊の手にはセロハンテープを貼ったコピーがある。

「錦生、さっき、職員室に寄って富樫先生と話をしてきた」

「柊……」

「来週の火曜日の午後、校長と理事長に説明する時間を取ってもらった。それ次第では理事会にかけてくれるかもしれない……明日のお稽古で一年にも伝えるよ」

「じゃあ……」

「うん、やってみよう。全力で将来の茶道部に何が残せるかを」

「よし!」

錦生が茶室の鍵を開けて三人で中に入った。斗真が文机にパソコンを置いて開く。いったん嘆願書というフォルダを作ったあと、フォルダ名の変更をした。『紅葉楼救済クラウドファンディング企画書』と。

その中に柊が計算ソフトを立ち上げた。

「目標額のための戦略と寄付見込み?」

表につけたタイトルを横から見ていた錦生が言った。

「そう、嘆願書は斗真が書き直してくれる。まずは目標額とお礼特典、それと寄付の戦略と見込みを作る。ブログで活動宣伝するだけではたぶん集まらない。それぞれの団体にお願いに回らないといけないだろうし、寄付をお願いできるかどうかもわからない。それでも、これなら集まるかもという戦略が必要だ」

隣で嘆願書に赤入れをしている斗真が言った。

「嘆願書を見栄えよくしたいから、錦生は茶室と茶庭の写真撮って。あと紅葉山の借景も」

「わかった」

錦生がスマホで写真を撮り始めた。

「去年の学園祭の写真どこにあったっけ。使えるかな」

「そうだな。部活のブログに何枚か写真があったと思う」

錦生の問いかけに、斗真が答えている。部活のブログは行事ごとに更新している。

「スマホに残っている写真を取り出してどこか共有できるところに置くよ」

柊は手早く無料の写真共有ソフトをダウンロードして写真をコピーし、二年のグループSNSにリンクを送った。

「写真もいいけど本当は見学に来てほしいよね」

錦生が言った。ここがいかに大事かは見てもらうのが一番だろうと。

「それも提案しようか。ここでお茶を飲んだことのない理事の人たちを招待しよう。土日ならこの三人でも茶会ができるし」

斗真がそう言ってカレンダーを確認している。

「来週末とかでも大丈夫かな」

斗真の言葉に錦生と柊が大丈夫だと返事をし、斗真は週末の予定を茶道部のカレンダーに確保した。

「ラフ案を作った。ちょっと意見聞かせて」

柊の声で、斗真が柊の作った計算ソフトを覗き込んだ。錦生も頭を寄せてくる。

「お礼特典は絶対保証しないといけない特典で、なおかつ隠れた経費になる。つまり現実的で寄付者にとって魅力的でないとだめだ」

柊はラフで作った表を大きく映し出した。

表はたてに口数、一、十、百、千と並び、横罫に「寄付金額」「お礼特典」「特典経費」「実際の寄付収入」「お礼使用者制限」「特典経費根拠」が並び、続いて「寄付者見込み」「外部への茶室貸し出し日数」と並ぶ。

「一口一万円として、一、十、百、千ということは、一万、十万、百万、一千万の枠を作るってことだね」

錦生が最初の二列を指さした。

柊が頷き、表の横罫をずらしながらポインターを動かして説明を始めた。

「目標額は錦生が仮に入れてくれた六千万にしている。さっき、富樫先生にも移設の費用を学校側が負担したとしても、五千万円はくだらないと査定されたっていうから妥当な線だと思う」

錦生が小さく右手を握りしめた。

「で、一服の原価はだいたいお茶菓子付きで三百円。一口一万円の寄付に対して一回のお茶券や十万に対して十枚のお茶券というのは妥当だと思う。けど、百万や一千万の寄付枠にお茶券というわけにはいかないだろう」

「そっか、で、百万なら年間三日の茶室使用権を十年間、一千万なら年十日の茶室使用権を無制限か」

「最大年間五十日余りを誰かに貸し出すことになるわけだ」

「そう。今回は市の持ち物に運営をシフトすることも視野に入れるから、週末はほぼ僕たちの学園祭を除いて一般の人に貸し出し可能にすることになると思う」

「ここまでいくと、法的な使用権利書みたいな何か発行しないといけないかもな」

斗真が言った。

「そうだな。それにもし、市の持ち物にしてもらうとしても、市が管理してくれるかどうかの折衝もしないといけない」

柊の言葉で、手続きのハードルが一気に上がり、錦生がスマホを抱えてうーんとうなりながら言った。

「それは確かに僕たちじゃあ、できないよな」

「でも、これ、もし市が受け入れてくれるなら、もう一ついいことがあるかも」

斗真がパソコンの画面を開いて言った。ふるさと納税のページだ。

「何？　これ、ふるさと納税？　紅葉山市の？　ふるさと納税って、他の市の人が、紅葉山市に納税することで市民税の控除を受けられるっていうやつだよね。姉貴が言ってた」

錦生の姉は三人ともすでに社会人だ。

「そう、紅葉山市は古くからある産業を保護するために、有形・無形文化財保護に寄付という項目がある。錦生の家で扱っている紅葉山紬もその対象だ」

「へぇ……知らなかった」

「その内訳に、ここ」

斗真が画面を指さし、そのまま、錦生が読み上げた。

「その他、市長が指定する文化財維持のために使用する……これって、ふるさと納税で文化財保護に寄付された分の配分を市長が決められるってこと？」

「そうか、斗真、昨日、とがしんが言っていた維持費の問題をこれで軽くできるかもってことだな。さすが、経営クラスだ」

柊の言葉に斗真の右の口角が照れくさそうに、くいと上がった。

「錦生の嘆願書の中に、その提案を織り込んでみる。維持費の心配が減るなら理事会もやる意味があるかもと思ってくれるかもしれない」

斗真の提案に柊も錦生も大きく頷いた。

「見込みだけど、こんな感じかな」

柊が見込みの寄付者の数字を入れて、声に出して読んだ。

「一万の寄付が二千人。十万が百人、百万が十人、一千万が二人、それで、漸く経費込みで六千万……」

錦生と斗真がため息をつき、後ろに座り込んだ。背骨がぐにゃりと内側に曲がったと思ったら、伸びて、ほとんど後ろに倒れたと言っていい。

「茶道部にも、管理する方にも相当の負担がかかるからこれ以上の特典を叩き出すのは難しいと思う」

「そうだな。貸し出した時に発生する光熱費のところ、学校主事の岸谷さんにも相談した方がいいかもしれない。借りる人は土日に借りたい人が多いと思うし、他にも経費がかかるかも」

体を何とか立て直した斗真が言った。

「なるほど、じゃ、あとで主事室に行こう。で、肝心の戦略と見込みだけど」

柊は寄付が見込めそうな個人、団体をピックアップし、宣伝に使えそうな媒体について説明した。個人はもちろん、卒業生、在校生、その家族。団体は茶道関係の団体の県支部。使える媒体としてはSNSや動画配信、公共掲示板へのポスター張り出しなどだ。

紅葉山市はもとより、地元の産業の活性化に力を入れている。地元の施設の存続にはやはり地元の人たちへのアプローチは欠かせない。

「柊、卒業生、在校生にアプローチはいいけど、アピールできるのは全体の二割以下だ。集まるのかな」

斗真が冷静に見込みの内容を吟味するように言った。スポーツ推薦八割という学校だ。温水プールの建設にけちをつけようとしているファンディングに協力が得られるかどうかはわからない。

「ま、スポーツ推薦枠の生徒からは無理かもな」

「けど、故障の時にここでお茶を飲みに来ていたアスリートもいたんだろう。この間の平賀みたいにさ、ちょっと息抜きになった卒業生からは寄付してもらえるかも」

「たられればの話だけどな。他に戦略として使えるものあるか」

「華道のお家元には俺、親父から声を掛けてもらえると思う。展示会に使えるスペースだし」

斗真が言った。

「それなら、着物振興会とかにも聞いてもらうよ。確かお爺さんのつながりで知り合いがいたはずなんだ」

柊が二人の意見を戦略に書き加えた。

「華道もいいけど、フラワーアレンジメントと茶室とのコラボってどこかで見たことある。斗真んとこのお母さんすごい有名人じゃん。俺しょっちゅうテレビで見るぜ」

「あ、ああ。そうだな。そっちも聞いてみるよ」

「斗真、無理のない範囲でな」

柊が言った。

「うん、大丈夫だ」

「よし、じゃあ、主事さんのところに行くか」

柊がいったん文書を保存すると、パソコンの天板を閉じた。

「その前に写真見て。さっきのクラウドのところに全部まとめたから」

スマホを片手に錦生が言った。

柊も斗真もスマホを片手に写真をざっと見ていく。

「よく撮れてる。けど……」

柊の言葉を斗真がつないだ。

「けど、どうせならプロを目指してるメンバーに頼みたい。ここまで作ったんだ。文化部巻き込もう」

「あ、なら、家業経営クラスの写真部、映画研究部の奴ら。どっちも、俺、頼める」

「紅葉山写真館の息子か。明日のお稽古早速写真撮ってもらおう。もし本当にファンディングができるとしたら、そこで使う写真は大事だと思う」

「よし、連絡しておく」

家業経営クラスのつながりは幅広いのだろう。斗真と錦生はすでに連絡の分担を決めている。

「あと、先輩たちにも資料の見直しを頼もう」

「三年の？　心強いけど、来てくれるかな……」

柊の提案に斗真が言った。

始業式の時に茶室に来た一紫が帰り際、柊に言ったのは菊也のことだった。受験勉強の気分転換に茶会に誘ってやってくれと言ってきた。菊也は夏休みが明けてから特に調子を崩しているらしい。同級生は友人にもなれば、突然ライバルにもなってしまうから、後輩たちに頼みたいのだと一紫は言った。

「だめもとで一紫先輩と菊也先輩に連絡してみる。今週末の土曜日、集まれるか」

「もちろん」

「大丈夫」

「じゃあ、家の祖母の家で。お茶点てるよ。……たぶんあの家でも最後になるから」

「柊……」

錦生が心配そうに上目遣いで見ている。

柊は錦生に大丈夫だという意味で頷いた。

「楽しい茶会にしよう」

暗くなりかけた部屋を片付け、三人で主事室に向かった。

二

土曜日、柊は今日の客のために朝、庭の掃除から始めた。九月の一週目はまだ夏だ。日差しは和らいできていても今日の最高気温は三十度近いと朝のニュースが語っていた。

茶室とそれに続く水屋からつながったダイニングキッチンに空調を入れる。錦生と斗真は午前中に来る。先輩たちには午後から声を掛けた。

朝から美麗が実家の分を作るついでだと言って、人数分の五目ご飯と豚汁を用意しておいてくれた。

父の晴彦と話をした翌日、美麗にはSNSで家の売却のことを聞いたと連絡しておいた。すぐに電話がかかってきてしばらく話をした。晴彦と多少言い合いになったことを知っていたのかもしれない。姉から部活のことを聞かれて学校の茶室の話をした。電話の向こうでしばらく声が消えた。電話が切れたのかと思ったら、掛ける言葉を探していたのだと言ってくれた。

自分にできることがあるなら言ってくれとも。

茶を漉して、棗に入れながら水曜日の部活でのやりとりを反芻していた。

柊は部活を始める前に一年にも状況を説明した。

柊は学園祭が終わったらこの茶室は使えなくなり、この場所から移設予定だと伝えた。理由も説明した。その後の斗真の弟、史弥の反応が錦生そっくりだったのには驚いた。立ち上がって怒った。あまりにそっくりで、錦生がまあまあとなだめているのには笑いそうになった。横を見たら斗真が笑っていた。

亜藍は表面的には冷静で、寺の茶室を綺麗にしておきますと言ったが、瞳が揺れていた。帰り際に柊にクラウドファンディングがもし立ち上がったら、積極的に手伝わせてくださいと言いに来たのは亜藍だ。始業式の日、一紫先輩に言われて自分の書を茶席に掛けるために書いてみて、思い入れを強くしてくれたのかもしれない。

柏木堂の榊は最初、何も言わなかった。部活のために茶菓子を作るのは変わらないからだろうか。いや、でも状況に対して戸惑っているように見えた。斗真が気を利かせて榊に何か言いたいことがあるかと聞いた。

「このことに対して怒っていいのか、悲しんでいいのかわからないです。ただ、その、大人の都合でこれが社会を回していく仕組みの一つなのだとしたら、早めにこういう感情を克服することを経験するのは良いことかもしれないって思ったりして。……でも。ここがなくなるのは嫌です。守れるものなら守りたいです」

榊の言葉に一年が二人とも頷いた。

守れるものなら守りたい。

全員がそう思っただろう。

今日は、人数分のイメージに合った茶碗を出しておいた。一紫先輩には春蘭の絵柄の華やかな京焼を、菊也先輩には本人が好きだと言っていた赤楽を、錦生には着物を描いた京焼を、斗真には土の香りがしそうな備前を。自分のためにも祖母が好きだった夏の平たい萩焼を出した。

茶碗を湯通しした頃に錦生と斗真がやってきた。

三人でまずは嘆願書の仕上げにかかった。茶室の重要性、残すことの意義、茶道部の活動について、クラウドファンディングを立ち上げるにあたっての戦略。付属資料には昨日撮ってもらった写真を使った活動風景、紅葉山の借景をバックにした茶室の写真もつけた。最後のページは計算ソフトで作った、ファンディングのシミュレーションだ。

出来上がった資料の誤字脱字を修正し、写真の配置等の体裁を整えた。最後のページまで終えたら、ちょうどお昼になり、炊き上がった五目ご飯と豚汁で昼にした。食器を食洗器に入れた頃、玄関の呼び鈴がなって、続いてガラス戸の開く音がした。

「ごめんください」

「こんにちは」

「あ、一紫先輩と菊也先輩だ！」

錦生が玄関に走っていった。錦生の後ろから柊と斗真も出迎えた。一紫が手土産だと言って和菓子メーカーの紙袋を差し出した。二つくらい食べられるだろうと目で言っている。ありがたく受け取った。

ダイニングキッチンで涼んでくださいと言って二人を案内した。確かに菊也の顔色は悪かった。水曜日、ここでの茶会の電話をした時にも、受け答えのスピードと声に違和感があった。玄関で靴を脱いでいる時、菊也の体が大きく揺れて一紫が支えているのを見て、柊の心配は倍増した。

一学期の終わり、茶道部部長の仕事の引き継ぎをしてもらった。お稽古のない日の放課後、紅葉楼にいたのは菊也と柊だけだった。その時の菊也が言った言葉を思い出す。

一通りの引継ぎが終わり、二人で紅葉山を見ながら座っていた。紫陽花が満開の頃だ。雨が降っていた。

菊也はポツリと言った。柊は現役生なんだねと。菊也が浪人して入ったと何となくわかった。留年生や中学浪人経験者については公にされない。菊也は進学クラスを受けるいきさつを家族の薦めだったと言って語ってくれた。菊也には兄が二人いて、どちらも年が離れている上、一流といわれる大学に現役で合格しているらしい。菊也の中学の成績からは同じ道は厳しいと思った親が、紅葉山高校の進学クラスを薦めたのだという。結果的に自分で決めたことだったとはいえ大変だったようだ。そこまでして大学受験に備えたということは狙う大学が相当レベルの高いところにあるのだろう。だが、もう浪人だけは絶対にしたくないと思っているのかもしれない。菊也にとってこの三年の一年間のプレッシャーはすさまじいに違いない。自分がその立場を想像するだけでも、鳩尾《みぞおち》が絞られるようだった。

来週にでも学園祭の相談に乗ってもらおうと思っていたが、かえって負担になるのではと思うほどだ。

だが、菊也の方は柊の顔を見てお誘いありがとうと言い、学園祭の相談にも乗るし、今回のことについてもできるだけ協力するとしっかりした口調で言った。

全員にお茶をもてなしたあと、先輩たちに資料を見てもらった。

「文化財として残すべきという主張はちゃんと書けていると思う。寄付の計算も論理性はある。けど、学校に残すべき理由は弱いかもな」

菊也が言った。

「先輩、紅葉山の借景を守りたいだけではだめってことですか」

錦生が聞いた。それには一紫が答えた。

「茶室の移築先が保障されていれば、山の借景は守られるかもしれないし。それより、菊也が言うように、学校のあの場所にある意味だね」

「温水プール以上の価値をアピールする必要がある……難しいな」

菊也がうなった。

「温水プールでアスリートの故障は治せるかもしれませんが、心のよりどころにはならないかもしれない。自分を見つめなおす場所としてあるべきという主張はだめですか」

柊の言葉に菊也が元部長らしく冷静に答える。

「それは茶道部さえ存続すればいいということにならないか」

確かに文化部の存在がアスリートの心のバランスを保たせている例は他にもある。園芸部、書道部もそうだろう。協力してもらった写真部などはスポーツ推薦クラスに籍を置いてる人間も多いと聞いた。

「けど、先輩、あの庭に癒やされたという人は多かったです」

斗真が言い、錦生も言葉を添えた。

「この間来ていた僕の野球部の同級生も、ちょっと冷静になれたって」

「うん。そうだな。もっと具体的に歴代活躍していたアスリートから声を集めるのは手かもな。俺たちの先輩でもいたような」

一紫が言った。漠然とした主張よりも明確な誰かの言葉をもらう方がいいということか。菊也がそれに呼応して言った。

「マラソンで故障して、駅伝選手になって、再度マラソンに復帰した先輩だ。確かどこかのインタビューで答えてたような、今日本代表候補じゃなかったかな」

「日本代表候補！」

錦生が叫んだ。アスリートにとって日本代表というのは大きな目標の一つだ。そして、もし、アスリートたちの困難な日々にこの茶室の空間が役に立っていたというコメントがもらえるなら、スポーツ推薦クラスにも茶室の重要性を訴えられる。

「よし、そのブログ引用させてもらってもいいかどうか聞いてみよう」

「いいんですか。菊也先輩」

「それくらい大丈夫だ」

「菊也、俺も手伝うよ。それにその人以外にもそういった生徒がいなかったかも確認しよう」

やはり先輩に見てもらったのは良かった。自分も含めこの三人はもう客観的に資料を見られなくなっている。

「柊のお点前は見てて安心できる。それにいつ飲んでもおいしいよ。今日、ここに来れて良かった」

菊也が玄関でそう言った。来た時よりも確かに頬に赤みがさしているようにも思えた。

「こちらこそ、今日はお忙しい中、相談に乗ってもらってありがとうございました」

「いや、俺たちの方こそ。俺にとってもあの茶室は心のよりどころだったから」

菊也が遠くを見るように顔を上げた。

「菊也先輩……」

「ほんとにいい時間だった。おいしかったよ。ありがとう。それといい結果になることを祈ってる。俺たちにも何か他にできることがあれば声を掛けてくれ。何でも協力するから。柊」

一紫が扉を開けながら言った。

「はい、またお知らせします。お二人とも、学園祭には来てください。お待ちしてます」

「お待ちしてます！」

二年が家の玄関に並んで、三年を見送った。

資料はほぼ揃った。来週の火曜日が勝負だ。

三

その日はあっという間にやってきた。

校長の但馬と理事長の葉山がそれぞれ、「紅葉楼救済クラウドファンディング企画書」と書かれた資料を目の前に何度もページを繰っている。午後、校長室で質疑応答を入れて三十分という時間をもらった。説明は十五分で柊がまとめてプレゼンテーションをした。

あれほど息巻いていた錦生も、ここは柊が適任だと言って後ろでじっと息を詰めて控えていた。意外に後ろで落ち着きがなかったのが顧問の富樫だ。腕を組んだり下ろしたり、そのたびに化繊素材のパーカーがごそごそ音を鳴らした。

質問はありますでしょうかと柊が締めくくってから一分近くたって校長の但馬が口を開いた。

「つまり、君たちのこれは茶室を残してほしい。そのために茶室の売価と同額をクラウドファンディングで寄付を募りたいということだね」

「そうです」

柊が簡潔に答えた。質疑応答集もこのために作った。

「しかし、あそこは温水プールを建設する予定地にもなっている」

「今のプールはつぶすんですよね」

黙っていられなくなったのか錦生が言った。

「ま、そうだが。改築を予定している。屋外も残す予定をしているんだ。本格的に水泳競技に力を入れるなら練習場所は多い方がいいからね。通常の授業でも使うし」

「校長、学校の部活だけに残したいわけではないんです。寄付のお礼特典で街の、いえ、借景の庭のある茶室で茶会をしたいという人たちに貸し出すことも可能になります。そうすれば、学校の名前も知られるようになるかもしれません」

冷静な声で斗真が言った。

校長が老眼鏡を外して斗真の顔をじっと見て言った。

「うーん。君は家業経営クラスだったたか」

「はい」

但馬はちらりと理事長の葉山を見た。経営方針に関わることについては理事長判断になるのかもしれない。葉山はじっくり最初のページから最後のページまでを読み返し、最後のページをじっと見て、ふと視線を上げた。

「学校内の持ち物を市の管理にするという考えか……」

「はい。プールのことだけではなく、今後の維持費のことも問題になっていると聞きましたので」

「こういったことが可能なのかな」

そこまでは調べていなかった。皆が一様に下を向いた。

「ま、聞いてみるかな」

葉山が言った。

三人をまじまじと見ると但馬に頷いて言った。

「明後日の理事会にかけましょう」

「理事長……」

「校長、市でこの施設の維持に協力してくれるなら、我々にとってもメリットがある」

「ま、そうですな」

校長は最後のページの上をあらためて読み返しながら言った。

ふるさと納税の税収配分が可能であれば、維持費の助けになると斗真が書き足した部分だ。

「それに、アスリートの心のよりどころだったというのなら、残す意味はあるでしょう」

企画書の最後には三年の先輩たちが許可を取ってくれたブログの写しを載せてある。そのブログには故障をした時に、学校の茶室で自分と向き合った時間は貴重だったと書かれてある。

「屋外も屋内も造るつもりではいたが、水泳競技に力を入れるのはもう少し確実に生徒が入ってくるようになってからでもいいかもしれない。実際そういう声も出ていた。施設を二つ持つということは維持費も倍になる。その分をどうやりくりするかは少し頭を悩ませていたところです。もし、これで本当にファンドが集まるなら、屋外をつぶして、土地を買い足して、温水プールにしてしまってもいい」

「理事長がそうおっしゃるなら」

「ただ、ま、教室の中に造る茶室ではだめなのかという反論はあるとは思うね」

「それに関しましてはもし、理事会ご出席の方であの茶室に入ったことのない方がいらっしゃるようでしたら、茶席を設けたいと思っています。いかがでしょう」

柊が言った。葉山は、なかなか用意がいいね、でも、ちょっと買収されている気持ちになる人がいるかもしれないからそれはやめておこう、見たい人がいれば、こちらから案内するよと言い、手帳を取り出してスケジュールを確認して言った。

「一週間。いや、今週末までに連絡しましょう」

「富樫君、これは、君が手伝ったのかね」

但馬が資料を指さして言った。

「あ、いいえ、私はほとんど何も」

「ふむ、なかなかよくできてる。このままコピーを作ってくれるかな。部数は理事会参加人数を後ほど連絡するので」

「ありがとうございます！」

富樫が頭を下げ、一緒に柊も深く頭を下げた。隣で礼をしている錦生と斗真が体の後ろで拳を合わせた。


「今週中にも結論出るかもって言ってたよな」

文化祭に向けて金曜日を臨時のお稽古日にした。水屋の片付けをしながら、カレンダーを見上げた錦生が二年の心を代弁するように言った。

木曜日の理事会で話をしてもらえることは水曜日に一年にも伝えた。お稽古にも活動記録にも一層、力が入っているように思える。月一回の更新だった茶道部のブログも毎回更新することになり、茶花や掛け軸のしつらえはもちろん、毎回の茶菓子と抹茶の写真もブログに上げ始めた。お点前も何パターンかをビデオに撮って動画も上げている。主に一年の榊がビデオを回してくれている。編集もアップロードも得意らしい。和菓子の作り方を自分の勉強用に撮っているのだという。見て盗めって言われても無理ですからと言っていた。

家業経営クラスの写真部にも写真を撮ってもらったが、毎回お願いするわけにもいかない。すでに部員全員の写真や借景の茶室や茶庭の写真は撮ってくれており、錦生の方で、クラウドファンディングの表紙用に加工済みだ。

今日も全員で一礼するところを榊が何度か撮ってくれた。すがすがしくて見栄えがするらしい。

「オッケーです！　光の入り方もいい感じに撮れてます」

やっと監督のオッケーが出たと史弥が茶化している。そういう史弥も茶庭の景色は朝夕で変わるからと積極的に写真を撮り、『紅葉楼季節の茶花だより』と銘打ってアップロードしている。茶花の解説は斗真と二人で書いているらしい。

亜藍もこの茶室と一緒に送られた掛け軸の写真を撮って解説をつけている。もともと、先輩たちがノートに資料としてまとめてくれていたものをデジタル化していく要領だ。

「一紫先輩の短冊もアップしていいって」

亜藍が聞いてほしいというので、柊が一紫に連絡をしたら快諾してくれた。もとより茶菓子は榊が全部写真に残してある。ちゃんと柏木堂謹製とつけて茶菓子の御銘も書かれている。たまに餡に何を使っているかの解説もしている。

学園祭のあとどうなっていても、今のこの瞬間を残しておきたいという気持ちで皆が力を合わせている。

お稽古の終わり、扇子を前に挨拶するために皆が正座したところに紅葉楼の扉が勢いよく開けられ、どたどたと人が入ってきた。

「みんないるか」

「先生」

富樫がジャージ姿で飛び込んできた。

「結論が出た」

全員が正座したまま扇子を前に富樫を見上げている。富樫もその前に正座をした。

「条件付きで承認された」

「やった！」

錦生と史弥が同時に声を上げた。

「先生、条件とは」

柊が冷静に聞いた。

「期限は十月末まで。目標額は最低六千万。一円でも足りなかった場合は白紙だ。施工の関係があるので、基本、並行して話を進める」

「つまり、この二か月弱の間もこの茶室を移築、温水プールを造るという計画は止まらないということですね」

斗真が聞いた。

「そうだ、学園祭後はいったん茶室を閉める。生活科学の部屋の茶室への改造も並行する。ま、それは茶室を貸し出した時に予備の部屋ができるからいいと思うが」

「先生、ありがとうございます」

柊の言葉を皮切りに皆が口々に富樫に礼を言った。

「俺に礼を言うのは早いぞ。これからだ。二か月以内に六千万を募るのは相当露出が必要だ。あと、もし、紅葉楼を残せることになっても、学校で維持していくことができそうだと理事が言っていた」

「え？　でも、修繕費とかってすごくお金がかかるって」

錦生が言った。

「理事長が市長と知り合いで、相談したそうだ。今年は無理でも、来年の納税額の一部を修繕費に割り当ててくれるように市議会にかけられそうだと」

斗真がよしと拳を握っている。

「あと、お礼特典については弁護士さんに相談した方がいいと言われている。柊、理事が紹介してくれるそうだ。柊、担当決めてくれ」

「わかりました」

だいたいの担当は決めてある。許可が出たらすぐに始められるようにと錦生はクラウドファンディングの用意をしてくれてあった。

「もうプラットフォームはほぼ完成してます。宣伝についても発信のＳＮＳの候補は出揃っています」

錦生が言った。

「宣伝部長は錦生に、対外折衝は主に斗真に担当してもらいます。法的な確認と生活科学室の改築は僕が」

「わかった」

「僕たちにも何か役割をください」

史弥が言った。榊と亜藍も頷いている。

「ありがとう。一年は基本、宣伝部長、錦生の指示で動いてください。あと、学園祭はこの茶室での最後になるかもしれないから、全員に亭主を務めてもらう。一年はお稽古に手を抜かないで、亭主のお稽古もします」

「え？　僕たちも亭主やるんですか？」

亜藍が不安そうな声を出した。その隣で、史弥はガッツポーズをしている。やる気満々だ。水瀬兄弟はメディア慣れしているからか度胸がある。その隣で榊は目を泳がせた。口が亭主と言ったまま半開きだ。

「おい、柊、亭主って、挨拶したり、茶会仕切ったりする人だろう？　一年で大丈夫なのか？」

富樫が聞いた。亜藍と榊が揃って首をすくめている。

「先生、去年は柊も一年で亭主を務めました」

斗真が言った。

「いやあ。でも、柊先輩と俺たちじゃあ年季が違いますよね……」

榊は荷が重いと思ったのか亜藍と顔を見合わせてそう言った。

「榊、亭主を務めれば、柏木堂のお菓子の説明も自分でできるぞ」

斗真の言葉に榊がそうかと言い、その表情がみるみる明るくなっていく。

「どうせだから、一年に茶席のテーマを決めてもらおう。相談には乗るから」

史弥も含め一年全員がええ！っと叫んでいる。

「来週までに案持ってきて」

そう言うと柊は水屋の大きなカレンダーを持ってきて十月二十五日、二十六日に学園祭、十月三十一日金曜日にクラウドファンディング締め切りと書き込み、大きく、目標六千万円と書いた。

「頑張ろうぜ」

錦生が柊と斗真に笑いかけた。

「ああ、悔いのないようにやってみよう」

「そうだな」

学園祭のテーマについてもう少し相談するという一年を置いて、二年は情報科学室に向かった。ファンディングサイトをオープンさせるために。

四席目

柊の決断

一

翌週の九月十五日月曜日の放課後、情報科学室で柊は錦生、斗真と合流した。この部屋のパソコン画面にはクラウドファンディングのWEBページが表示されている。タイトルは「月珠楼の写し、紅葉山を借景に持つ紅葉楼存続プロジェクト」。主催元は紅葉山高校茶道部。趣旨は企画書を作った資料を流用した。すでに数件の寄付が集まっている。

立ち上げてすぐ、まずは自分たちからだと言って、三人でそれぞれ一万円枠に寄付した。足りなければ、自分たちの貯金を崩すことも考えているが、今はそれよりもやるべきことが満載だ。肝心なのは露出。ＳＮＳをできるだけ有効に利用し宣伝していく。時に自分たちから足を運びお願いにも行く。ファンディングのサイトに「茶室見学可能　要予約」の文字も入れた。富樫が茶道部活動日の活動時間のみ来客を受け付ける手続きを取ってくれた。来客申し込みがあった場合は岸谷が案内してくれるという。

「本当に岸谷さんにはお世話になってばっかりだ」

柊は言った。岸谷は富樫に聞いたのかクラウドファンディングが決まって即、手伝いを申し出てくれた。

「もし、達成したら、何かお礼しようよ」

錦生の言葉に隣で斗真も同じように頷いて言った。

「達成しなくてもお礼しよう。茶花のことでもすごく世話になったし」

「でもまずは、達成することが恩返しだ」

柊の言葉に頷いた錦生が広報担当からと言って、現状の宣伝方法について説明を始めた。

「学校の理事会の広報担当の方からも学校のSNSに流してもらっている。柊のおばあさんの知り合いから茶道の各流派のSNSにも情報発信をお願いした。それから紅葉山市のSNSにもお願いしようと言ってるんだけど、斗真、先生から話あった？」

対外的な折衝は斗真の担当だからと、錦生が市役所訪問を斗真と富樫に依頼していた。

「明日の放課後、富樫先生と市役所に行ってくる。市役所管轄の場所にポスターを張ってもらって、市の広報誌にも載せてもらえるようにお願いしてくる」

「茶道部の卒業生への連絡は一紫先輩が担当してくれるそうだ。あと、進学クラスと家業経営クラスの卒業生関係も。同時に学校の卒業生宛ての会報に記事を掲載してもらえるように頼んでくれるらしい」

柊は企画書が通った件を週末、三年生のSNSに連絡していた。一紫からはすぐに何か手伝えることはないかと折り返しが入り、卒業生関係の発信先の取りまとめを申し出てくれた。

「一紫先輩すげえ。連絡先とかわかるんだ」

「先輩のお母さんがここのPTA会長だったからって」

「心強えぇ。SNS発信後の反応でどこのチャンネルに効果がありそうか調査しながら一日の集計をするから、俺らは毎日放課後ここ集合な」

錦生の号令に二人で頷く。

「やっぱここか」

情報科学室に富樫が顔を覗かせた。

「柊、今、大丈夫か？」

「大丈夫です」

じゃあ、また明日と言って二人と別れた。

富樫に改築の件だと聞かされ生活科学室までやってきた。扉の前に若い男性が立っている。大きな鞄と筒のようなものを背負っている。服はスーツだが、足元は黒い革のテニスシューズだ。

「建築士の岸谷さんだ。設計と見積もりはコンペで決めることになったんだが、最初のラフな設計を描いてもらうのに来ていただいた」

「こんにちは。初めまして」

にっこり笑った顔がどこかで見たことがあると思った柊は、差し出された名刺を見て、思い当たった。名刺には『一級建築士　岸谷弘樹』とある。名前を見て、もしやと思ったら、富樫が似てるだろうと言って紹介した。

「学校主事の岸谷さんの息子さんだ。弘樹さんは茶室と茶庭が専門の一つというのでお願いした」

「初めまして、茶道部部長、桧山柊です。お父様の岸谷主事には大変お世話になっています」

「いえいえ、こちらこそ、父がお世話になっています。いらないおせっかいとかしてませんか?」

「いいえ、いつも、親切にいろんなことを的確に教えていただいています」

「見ましたよ。クラウドファンディング。私も参加させてもらいます」

弘樹がそう言ってスマホをかざした。

「ありがとうございます」

柊は頭を深く下げて礼を述べた。

「じゃ、柊、弘樹さんに茶室の造りの希望を伝えてくれ。俺がいなくても大丈夫だろ。帰りは校門まで送って差し上げてくれ。すまん」

職員会議を抜けてきたんだと言いながら、富樫は生活科学室の鍵を柊に渡して早歩きで廊下を去っていった。

「すみません。お待たせしていたのではないでしょうか。今日はよろしくお願いいたします」

そう言って柊は、生活科学室の扉を開けた。近々改築の話があると思うからと富樫から聞いていたので、いつも生徒手帳に図面を挟んで持ち歩いていた。

靴を脱いで部屋に上がった。

「柊君、大きくなったね」

後ろから弘樹にそう声を掛けられ、柊は驚いて振り返った。

「すみません。どこかでお会いしたことがありましたか」

「ごめん。ごめん。驚かせたね。でもたぶん君は覚えていないと思う」

弘樹にそう言われて何とか思い出そうと、不躾かと思いつつもチラリチラリと弘樹の顔を見た。祖母の茶室に来ていた男性の教え子だったかと思ったが心当たりがない。もともと祖母の男性の社中はそんなに多くなかった。

「君がお正客をした学園祭のお茶席、僕も座ってたんだ。七年前？　かな？　君は十歳だった」

あっと、思った。そういえばあの時、もう一人若い男性がいた。茶席は年長の男性がいると上席を勧める。そういえば祖母はあの時、男性が一人いるのを見て声を掛けていた。かなり頑なに辞退されたのを覚えている。無理強いされるなら茶会自体を退席すると言われたのだとあとで教えてもらった。

「お恥ずかしい。祖母に言われるままあんな高いところに若輩者が」

柊は再び恐縮して頭を下げた。

「いや、実は助かったんだよ、君がいてくれて。ほら、年長の男性を上席に押し上げる世界だから。建築を志すならこの茶室は見ておいた方がいいと父に言われて来てたんだけど、僕には到底務まらなかった。君は堂々としてた。君を見てさ。茶室に興味を持ったんだ。こんな小さい子が背負う未来に茶室を作りたいってね」

柊は頬に血が上るのを感じた。恥ずかしい気持ちもするが、誰も彼もが茶室を彼から奪おうとしてる今、あの空間で将来を決めた人がいることがうれしかった。

「そう言っていただけるなら、良かったです」

「おばあ様のこと、ご愁傷様です」

「はい。ありがとうございます。今年で三回忌になります」

「凛としていてそれでいてたおやかな方だった」

「ええ。祖母のことをそんなふうに覚えていてくださってうれしいです」

祖母の所作はいつ見ても美しかった。最後まで背筋の伸びた人だった。

弘樹は柊が取り出した図面を見ながら、柊が必要だと思った変更箇所を一つ一つ確認しながら歩き、寸法を測り直しながら仕上がりのイメージも一緒に聞いた。

「建物の中に茶室を造られることもあるんですか？」

「マンションの中とかに、茶室も茶庭も造ったりもするよ。ま、そんなに面積はとれないけどね」

「そうなんですか」

「小さい茶席は必ずしも窓があるわけでもないから、狭い空間でも案外ちゃんとした茶室になる。大丈夫、ま、廊下は改造できないかもしれないけど、ここもきっといい空間にできると思う」

「プロにそう言っていただけると安心します」

「安心して、安心して。ま、でも、紅葉楼はここに残ってくれればいいね……」

僕にとっても思い出の茶室だからと弘樹は言った。弘樹はそのあとあちこち写真を撮り、最後に窓から見える斜め向こうの紅葉山の景色も収めた。これで資料は大丈夫だという弘樹を連れて学校の校門の受付までできて外来の名札を受け取った。

「じゃ、図面とイメージ画できたらいったん、富樫先生に送るよ」

「ありがとうございます。よろしくお願いします」

「いえいえ、こちらこそ」

茶室への改造について言いたいことを上手に汲んでくれた弘樹の仕事に興味がわいて、柊は聞いた。

「弘樹さん、どうして建築を？」

「父が元は造園師だったってことは」

「お聞きしました」

「父について何度か私邸に連れて行ってもらったことがあって、高校生の頃は掃除のバイトもさせてもらっていた。僕は庭よりもそこで生活するための建物に興味を持った。家ってやっぱり生活の基盤だと思う。そこでいろんな人生が生まれる。そんな場所を作りたいと思った」

「温かい家庭で育たれたんですね」

「いや、そうでもないと思うよ。今は好々爺みたいな顔してるけど。結構亭主関白だった。だから、その分、他人の家にあこがれたのかもしれない」

「……そうなんですか」

弘樹から岸谷の意外な一面を聞かされたが、自分には想像しにくいと思った。岸谷は自分たちにはいつもにこやかに対応してくれている。親子で学校に関わってくれているなんて、何だかんだ言いながら、いい親子関係なんだろうと思った。

「いいよ。新しい家に入る人で基本、暗い顔をしている人はいない。どんな理由で引っ越しを余儀なくされた人でも、新しい住み場所には希望を見ている」

「希望を」

「そう、希望を」

弘樹はじゃあ、と言って駅の方に去っていった。


今日、九月十七日水曜日。期限まであと四十五日だ。放課後の情報科学室で錦生はパソコンの前に座って数字を見つめている。柊も斗真と一緒に後ろから覗いた。

「寄付総額六百五十万円。達成率十一パーセント」

「あと四十五日で五千三百万……か」

斗真が椅子の背をつかんでへなへなと座り込んだ。

「内訳は一万が百五十人、十万が十二人、百万が四人。一万円枠と十万円枠は市の広報誌で来週出るからまだ伸びるとは思うけど。やっぱ、一千万円枠って現実的じゃないよな。百万を二十にしようか」

「百万円枠の四つの内訳は各家元の県支部がグループで茶室を使うために寄付してくれた。お煎茶の御家元にも声を掛けてくれると言っていたからもう少し伸びるかもしれないけど、これ以上伸びるかどうかはわからない」

「十万円枠は身内だよな」

錦生が言った。

「家族、親族」

柊が言い添え、斗真も頷いた。

「家は姉ちゃんたちがそれぞれ」

錦生の上には三人の姉がいる。今年の学園祭にも昨年同様、早々に着付けを手伝いに来てくれることになっている。

「助かる。お姉さん三人それぞれ？」

「うん。こんなに家族を身近に思ったことないかも」

「そうだな」

柊の姉、美麗も寄付をしてくれた。

父にも頼んでみようか。いや、相続税で精いっぱいだったと言っていた。無理は聞いてくれないだろう。家の整理の費用だってこれからかかる。

錦生が来週、家族の紹介で着物振興会に挨拶に行くと言い、斗真も同じように華道の県支部を回ると言ってくれている。

祖母の元の生徒さんには迷惑にならない程度に宣伝をお願いしていたが、柊はこのペースでは達成は難しいのではないかと思い始めていた。勢いはどこかで止まる可能性がある。どこか他に協力してくれるところをもう一度考えなくてはと思った。

「柊、今日、お稽古だ。行こう。一年が待ってる」

斗真に声を掛けられて我に返った。

錦生が情報科学室のパソコンのＷＥＢを閉じた。

今日は学園祭のテーマを一年から聞くことになっている。一年に亭主を務めてもらう話をしてから彼らの動きはより一層積極的で機敏になった。二年が毎日ファンディングミーティングをしていることを知っていて、お稽古の日には二年が紅葉楼に行く前に準備が整っている。史弥も斗真のことをちゃんと先輩と呼んで尊重している姿を見ると、茶室売却の話を受けて電光石火でファンディング許可をもぎ取ってきた二年に敬意を表しているようだ。なるべく上下関係なく、部活動の運営を行ってきた茶道部だが、何もしなくても彼らの中に強い自立心が芽生え始めているのを柊は感じた。きっと、茶会のテーマも三人でずいぶん頭を悩ませて考えたに違いない。

お稽古の後、亜藍が柊に言った。

「先輩、三人で話し合いました。学園祭のテーマを聞いてもらえますか」

花を片付けていた斗真も雨戸を閉めていた錦生もそれを聞いて、戻ってきて茶室にもう一度座った。

亜藍が中心に、両脇に史弥、榊が座っている。亜藍は後ろから桐の箱を差し出して、中の掛け軸を取り出すと前に広げた。掛け軸には縦に一行「月点波心一顆珠《つきははしんにてんじいっかのたま》」と書かれている。

「ここを使うのがもし最後になるとしたら、やはり、茶室と一緒に譲られたこの掛け軸を掛けたいと思います」

綾離宮の月珠楼の由縁といわれる白居易《はくきょい》の「西湖の春」の一節だ。白居易が湖上に映った月を真珠のようだとたたえた一節。池がなくなるかもしれないなら、もう二度とその様子を見ることはないだろうという一年の思いが伝わってくる。

柊は頷いた。恐らく二年全員がこの軸を掛けたいと言うと予測していたと思う。

「学園祭初日はあいにく三日月ですが、この茶室が観月のために建てられたのなら、とことん月にこだわりたいと思います」

史弥が亜藍の言葉に続けた。

「床の間は白と黄色の小菊を中心に入れてお花でも月をイメージしたものにしたいです」

「お茶菓子は求肥の中に黄身餡を入れて満月を作ります。柏木堂の黄身餡は部員の皆さんも大好きだっていつも言ってくださるし。お客さんに月を感じながら味わっていただきたいです……」

榊がそう言うとうつむいた。亜藍が自分の目に力を込めて言った。

「先輩、この茶室がどこに行こうが、未来永劫月が僕たちを見守ってくれると思います。だから……」

見開いた目がたちまち赤くなり、そう言うと亜藍もうつむいてしまった。隣で史弥が天井を見上げて、涙をこらえている。

「まだ移転が決まったわけじゃないぞ……」

威勢良く錦生が言ったものの、本人の声も立ち消える。

「わかった……ありがとう。一生の思い出に残る茶会になりそうだな」

柊が言った。横で斗真も何度も頷いている。

「……茶室はここになくなっても月はなくならないか。ほんとだ。学園祭頑張ろう……」

「はい！」

斗真の言葉に一年の力強い返事が呼応した。じゃあと錦生が早速、広報活動について動画のアップロード内容を一年に相談をしている。日替わり担当を決めて毎日なにがしかを報告するつもりだ。土日もアップロードのタイマーセットをして上げていくようにしている。自分たちの活動がどれほど真剣で人の心を癒やしてくれるものなのか、ここでの活動がどれほど有意義であるかを伝え続けられれば、より多くの支持を得られるはずだ。

目標が明確であることがこんなにも人の心を一つにすることができるなんて、柊は思いもしなかった。今まで自分は本気で彼らと同じものを見ていただろうか。部活の茶会の成功は常に一人一人が頑張ればいいことだと、どこかで心が交わることを避けていたのではないだろうか。

ぽんと柊の耳元で音がした気がした。

柊の目の前で針を刺したような穴が開いて、どんどんその穴は広がり、より鮮やかで温かな世界が広がる感覚にとらわれた。

茶室はより深みを帯びた空間に、茶庭の緑はより光り輝くがごとく鮮やかに、そして目の前の同期や後輩たちと一緒の空間はより穏やかで大切な空間に。

今まで自分は茶室で何と一人だったのかと、柊はあらためて思った。

二

九月最終週の土曜日。朝から秋の気配を織り交ぜた小雨が降っている。

仏間には濃度の高い線香とお焼香の匂いが混ざり合って漂っている。桧山家の祖母、桔梗の三回忌と母、桜花の七回忌。

二人分だからと住職は通常の倍近い時間のお経を唱え、その上、ありがたい法話も二つに分けて話をし、帰っていった。

「足の感覚ない……」

正座していた美麗が死にそうな声を出して柱につかまり立ちしている。後ろで椅子に座っていた晴彦と秋子がお供えを手に玄関先まで住職を見送りに行った。

「柊、あんた、よく平気で動けるわね」

「茶道部ですから」

「聞くんじゃなかった……精進落としの用意をしないと……」

美麗は上半身だけキッチンの方に向かっているが足が動いていない。

「俺がやるからねぇさん、しばらく座ってて。無理に動くとこける。骨折るよ」

「いっ……」

柊は美麗に手を貸してソファに座らせると、仕出し屋から届いていたお弁当をダイニングテーブルに並べた。お吸い物だけ別に作ってきたと言って美麗が持ってきていた鍋を火にかける。先週一人暮らしをスタートしたばかりだというのに、どうやら前日、晴彦に法事の準備に帰ってきてくれと言われたらしい。

「お父さん、国産松茸なんか買ってきちゃって」

「ほんとだ」

鍋のお吸い物の具がきのこだとはわかったが、エリンギかと思っていた。よく見ると色も形も松茸だ。

「ほんとは土瓶蒸しとかできればいいんだろうけど」

「器探すだけでも大変だよ。……いい香りしてる」

柊は煮立たせないように火にかけた鍋に鼻を近づけて言った。昆布と鰹のだしの香りに松茸の風味がプラスされている。誰かの好物だったのだろうか。それとも父が季節の物を並べて供養したいという気持ちで用意したのだろうか。家でめったに見ない食材だ。

先週から父も週末にはこの家で荷造りを始めており、二階は段ボールでいっぱいだ。マンションの一室が物置になっているので、必要なものはそこに置くらしい。茶道具は祖母から柊に形見分けされることになっているのだと先日聞かされた。いくつかは資産価値がある。税金をどうしたのかというと一緒に払ってあるから心配するなと言われた。相続税で手がいっぱいだったというのはこのことだったのかもしれない。

柊が朝から抹茶を点てて仏壇に供えた。祖母の分と、母、桜花の二人分だ。

吸い物のお椀を人数分取り出したところで、SNSの着信音がして、携帯を取り出した。錦生からの定期報告だ。ファンディングの期日まであと三十五日。

——寄付総額千二百五十万円　目標の二十一パーセント——

続いて錦生からメッセージが送られてきた。

「一千万の寄付者未だに現れず、百万円枠を先生と相談して二十追加した」

斗真がいち早く了解しましたと返事をしている。柊も同じく返事をした。

気が付くと後ろでお吸い物が注がれている。美麗の足が復活したようだ。

「あ、ごめん。ありがとう」

「部活の連絡？」

美麗が柊の手の中のスマホを見るともなく覗くような仕草をしながら聞いた。

「うん。錦生から」

「錦生君、元気なの？　相変わらずテンション高そう。椿に似てるよね」

美麗は自分の同級生で錦生のすぐ上の姉の名前を言って、思い出し笑いしている。錦生も一番下の姉は感情の高ぶり方が自分とそっくりだと言っていた。三つ葉を散らした吸い物の入った塗りの椀を四つ並べ終える頃、晴彦と秋子が玄関から戻ってきた。

「丁寧だったわね。お経」

秋子は長かったとは言わずに住職に敬意を表して言った。親族だけの集まりだ。母の桜花には兄弟姉妹はいない。祖母の兄たちもすでに他界している。食事の間はもっぱら美麗と秋子があたりさわりのない話をしている。話がこちらに振られないことをいいことに、父も黙って仕出し弁当を食べている。松茸のお吸い物を最初にすすった時だけ、おいしいな、秋の味がすると言って頬をほころばせた。単に自分が食べたかっただけなのかもしれない。

　食事が終わると美麗が立ってシンクで弁当箱を片付け始め、柊も手伝った。

後ろでポットから急須にお湯を入れポットから急須にお湯を入れた秋子がそれぞれのテーブルにお茶を注ぎながら言った。

「お母さん、次は七回忌ね。この家じゃできないから、晴彦、あんたの家でやってもいい？」

「ああ、そのつもりではいるけど」

　晴彦が答えた。美麗と柊は茶を淹れてくれた秋子に礼を言って座った。お代わりの煎茶が熱いから気を付けろと晴彦が言っている。

「晴彦、ここはやっぱり買い手がすぐにつきそうよ」

「そう、ねえさんにばっかり手続きお願いして申し訳ないな」

「いいのよ。急いでるのは私なんだから。ごめんね。柊ちゃん」

「あ、いえ」

　それ以上何が言えるだろう。自分の気持ちには蓋をした。その蓋が外れないように、柊は一心に煎茶の入った湯飲みの中を見つめた。

「私も参加したのよ。柊ちゃんの学校のクラウドファンディング？　お友達にも宣伝しておいたわ。お茶習ってる友達が結構いるのよ」

「ありがとうございます。秋子おばさん。うれしいです」

柊は自分の中で探した特上の微笑みを浮かべて秋子に礼を述べた。

「自分は嫌だって一度もお稽古しなかったくせに？」

晴彦は秋子がお茶を習っている友達が多いという言葉に反応して言った。

「今はもったいなかったなと思うけど、絶対にかなわない相手に習いたいと思わなかったもの。お母さん、お茶のことになると厳しかったし、お稽古の時はほんと別人なんだもん」

「人に教えるっていうのはそういうもんなんだろう」

「美麗ちゃんも昔はお点前してたのに。おべべ着てかわいかったわよ」

「昔はおままごとだと思ってました。突然そういうのじゃないってわかってからは、おばさんと一緒です」

美麗がそう言って苦笑いし、首をすくめている。

「一番熱心だったのは桜花さんよね。晴彦と別居するまでの間だったけど」

「え？」

秋子の言葉に柊はつい声を上げてしまった。

桜花が祖母に茶を習っていたというのは初めて聞いた。写真も残ってはいない。

「本当は桜花さんに継いでもらいたかったんじゃないのかしら、お母さん。この茶室もお弟子さんも。あの世できっと二人でお茶会してるでしょうね」

そんなに熱心に桜花が祖母に習っていたというのだろうか。柊は思わず晴彦の顔を見た。

　晴彦は逆に視線のやり場に困って、秋子に目配せをしている。秋子はそんな晴彦の視線を無視して続けた。

「あら、柊ちゃん覚えてないの？　桜花さん、あなたを器用に膝に乗せてお茶席に座ってたわよ。お母さんも桜花さんには甘かったわよね。あんたが茶室でころころしてても何にも言わないで、面倒見てて。何ていうのかしら、お互い究めたもの同士、戦友みたいな雰囲気醸し出しちゃって」

「ねえさん」

　故人を惜しむというよりもどこか意地の悪い響きを持った言い方に晴彦が声に出して止めようとしている。自分の記憶にない自分が出てくる場面を目の前で語られるのは居心地も悪かった。特に祖母に対する言いようのない憎しみを感じて柊自身の胸の奥にも黒々とした何かがわき起こる。もともと伯母との相性は最悪なのだ。柊は自分の感情をやり過ごそうとした。けれど、次の言葉で抑えが効かなくなった。

「なによ。晴彦、桜花さんの七回忌でもあるのよ。思い出話したっていいじゃない。故人のことをいつまででも覚えていることが大事でしょ。特にここでの思い出はもう語られることもなくなるんだから」

　柊は思わず立ち上がった。

「柊……？」

　美麗が心配げな声を出す。

「では、おばさん、是非二人を偲んで、お茶を点てさせてもらっても。一服いかがでしょうか」

同じように秋子が立ち上がって、さっと鞄をつかんだ。

「ええ、どうぞ、私は先に失礼しますから。皆さんでごゆっくり」

「ねえさん」

玄関めがけて猛然と立ち去る秋子を晴彦が追いかけていった。美麗が隣でふーと長いため息をついた。

「わざと?」

「何が?」

「おばさん、死ぬほどお茶席嫌ってるのに」

「本当にお茶を点てたいだけだよ。ねぇさんは飲むだろ?」

「もちろんお相伴させていただきます。あ、でもここで、淹れて。鉄瓶で。お茶席で正座したら、今度こそひっくり返りそう」

「わかった」

柊は茶室から取っ手のついた鉄瓶を持ち出し、ガスで沸かし始めた。美麗には粉引の白い茶碗を用意して湯通しした。それを見ていて美麗が好きなお茶碗覚えててくれてありがとうと言っている。

「何だろうね。おばさんのあれ。何ていうか嫉妬なんだろうか。自分の母親と、義理の妹に?

死んだ人に嫉妬し続けるってなんか不毛な気もするけど」

美麗が言った。美麗はいつも伯母の秋子に上手に話を合わせているが、彼女もあまり得意ではないようだ。

秋子は一度結婚したが若い頃に離婚したと聞いている。子供はいない。だが、外資系のメーカーで役職に就いており、社会ではそれなりの地位も築いているらしい。一度ならず女性の管理職としてビジネス誌に掲載された写真を見たことがある。そんな完璧な社会人としての姿は裏腹に、会うたびに感じるのはどこか補いきれない物足りなさ。自分に対してなのか、環境に対してなのか、常に不満のようなものがひび割れた陶器の中の水のように漏れ出ており、一生満たされないままの器を思い出させた。秋子にはそのひびを修復することも、その器を捨てきることもできないのかもしれない。それがなぜなのかは自分にはわからない。

自分たちにとっては子供を産んでおいて育てることを途中で放棄し、仕事にまい進してあっという間にあの世に行ってしまった身勝手な母親だが、秋子にはどこか超えられない存在になっているのかもしれない。桜花の生き方を肯定するつもりもないし、今も無茶苦茶だと思うが、それに対して常に何か割りきれない気持ちを持ち続けるのも美麗の言う通り不毛な気がする。

「嫉妬自体が不毛だと思う。どんな気持ちもうまく自分のエネルギーに変えられるならいいかもしれないけど。人を不快にするだけなら、意味ないかもな」

柊は言った。

「人の不快になった顔を見て、ちょっとすっとするのかもね」

美麗はそう言うと、テーブルの上の湯飲みをすべてシンクに移した。柊は朝、抹茶を入れた棗に少し量を足した。火をかけた茶瓶から蒸気の音がし始めている。

「ねぇさん。ありがとう」

「何が？」

「寄付してくれたんだろう」

「はは、ばれてたか。ほんの少しよ。目標達成できそう？」

「難しいかも。でも、できるだけのことはするつもり」

「私もさ、もうちょっと仕事気合入れてやろうかなって。高校生でさえこんなに頑張ってんだから」

「気合入れなくてもできる仕事なんてないでしょ」

「そうそう。だからもっと頑張るの大変なんだけどね。肚をくらなきゃって思ったわけ。あんたたち見てたら」

「よくわからないよ。俺には、まだ。ま、でもなんか役に立ったなら」

「勇気もらったんだよ。貴方たちに」

「そう……」

「柊、引っ越し先のアパート、狭いけど客用の布団も置いてあるから、そのうち泊まりにきてよ」

美麗はこの駅と勤め先とのちょうど半分くらいの距離の駅近いアパートに引っ越した。引っ越しの荷物もだいぶ片付いたらしい。

「ここもなくなるし。マンションにいたくない時にでも」

双方ともに不器用な父と弟の行く末を、姉なりに考えて安全地帯を提供しようとしてくれている。

「ありがとう。でも」

「何？」

「ねぇさんの彼氏と鉢合わせしない日を教えてくれたらね」

「柊！　お父さんの前でそんなこと言わないでよ」

「わかってるよ」

玄関の扉の開閉音がした。柊は晴彦の分のお茶碗も取り出し湯を入れた。粉引の茶碗の湯を捨てて、茶杓でお茶を二匙入れて、お湯を注いだ。抹茶のいい香りが立ち上った。

夜まで晴彦と家の片付けをした。美麗は茶を一服飲むと祖母の着物だけを整理して手早くパッキングをし、晴彦に嫁に行くまで預かってくれと言って託した。会社の仕事を持って帰ってきているのだと言って、普段に着たい着物だけを別にキャリーバッグに詰めると、早々に帰っていった。

父の片付けのペースが遅い。秋子が言うようにすぐに買い手がついてしまった時のことを考えると心配になる。まともに片付けが終わっているのは柊が使っていた部屋と祖母の部屋だけだ。買ってきたお惣菜で夕食を済ませてしまったあと、ビールを開けようとしている晴彦に言った。

「こんなんで間に合うの？」

「あ、ああ、ま、いざとなったら、業者に頼むさ」

「そっか……」

「柊、お前とちょっと話をしたい。座ってくれ」

「何？」

「お母さんのことだ。さっきおばさんが言ってた話、覚えているか」

晴彦が母、桜花が自分を連れて、茶道を習いに来ていたことだろうか。微塵も記憶にない。

「覚えてない」

「ま、そうだな。お前はまだ乳飲み子だった。お母さんはお前を背中におぶってお点前してたよ。お茶を点ててると気持ちが穏やかになれるって」

「そうなんだ」

「お前はそれを後ろから見てたのかもしれないな」

「本当に覚えてないけど」

「柊、お前にもうお母さんを返してやることはできない……」

晴彦はこの家を売る話をした時の会話の続きをしようとしているように聞こえた。あの日は数時間前に紅葉楼も売却されると聞いたばかりだった。ひどい言葉を投げつけたと思う。母を殺したのは父だと暗に言ったようなものだ。けれど、謝りたくはなかった。あれほど母が亡くなった時に茫然自失になった父が自分の愛する人を、なぜ守りきろうとしなかったのか今も理解はしていない。けれど、今、少しだけ父の話を聞く余裕はある。とはいえ、たぶん、説明されても自分の両親の関係性を理解できないのは同じだ。

「父さん。もういいよ」

理解できないことを理解したと言えないと思い、説明しなくていいと言う意味で柊は言った。だが、晴彦は続けた。どうしても聞いてほしいらしい。

「夫婦と言っても他人だ。桜花がどうしても仕事に復帰したいから家を出たいと言った時、反対しなかった。それが物わかりのいい夫だと思ってた。何より言い出したら聞かない人でもあった。けど、結果的に母親をお前たちから奪ったのも事実だ。私も何より大事な人を失った」

そうだろう。葬式のあの日の涙を思い出してもそれは納得できる。今も、晴彦の目からは何筋も道を作って涙が流れ落ちている。

「だからと言ってお母さんがお前たちを、私を、愛してなかったわけじゃない」

愛していたんだよ、本当に深く愛していた、と何度も言いながら晴彦は泣いた。すまん、すまん、涙が止まらないと言いながら、また泣いた。どちらが子供かわからない。こんなにも父は母を愛していたんだなと思うと、もう、逆に気の毒で仕方がない。もしかしたら父はどこかでいつかは母が自分たちとの生活を選んでくれるかもしれないと思っていたのかもしれない。

けれど、そんな日はもう二度とやってこない。子供が五歳までは一緒に暮らしてくれというのは、それでもどうしても桜花という女性を愛してしまった父の中の妥協案だったのだから。

「……うん」

何もわかってはいないが、今の父の涙を受け止めたという意味で頷いた。

「……柊？」

「桜花さんにはきっと家族で過ごす時間よりも大事なものがあったんだろう。けど、だからと言って僕たちが大事じゃなかったわけじゃない」

晴彦が涙を両手でぬぐって柊の顔を見た。

「お父さんと桜花さんとの夫婦関係についてたぶん一生理解できないし、今はまだ言葉でしか言えないけど、桜花さんが自分たちを大事にしてくれていたことは、いつかわかる日が来る気がする。そんな気がしてる」

「そうか、そうか……」

晴彦は柊が言った言葉に少し安心したのか、机の上のティッシュペーパーを大量に使って、顔をぬぐった。

「ありがとう。今の言葉で今は十分だ。それで、ここから本題だ」

「本題？」

「お母さんはお前と美麗にそれぞれ一千万円の財産を残した」

「一千万……」

「お前の大学資金にしようと思っていた。留学したいと言ってもさせてやれる。けど、もしお前にもっと守りたいものがあるなら、それを使ってもいい。けれど、どっちかにしか使えない。この家を残すか、学校の茶室を守りたいのか、考えてくれ」

晴彦はそのお金で紅葉楼のファンディングに参加するか、桧山の家を秋子から買い取る資金にして残すかと言った。この家を売っても半分は父のものだ。この家の相続税のほとんどを父が払ったことから、売らずに譲ってもらい、その分を秋子に現金で渡すことで残すことはできるという。

母、桜花の遺産。その話は初めて聞いた。母方の両親から受け継いだ遺産と桜花自身の貯金、そして自身の生命保険金、それらすべてを父ではなく、子供二人に等分に残す遺言があったのだという。美麗は知っていたのだろうか。

柊は一晩考えてもいいかと言った。晴彦は明日の夜までに返事がほしいと言い、マンションに帰っていった。

柊は茶室に座って考えていた。自分を抱っこ紐でおぶってお点前をしていたという母の姿を思い浮かべてみた。写真も残っていない情景はただ、想像するしかない。柊が歩き始めた頃には、危ないからと茶室に連れて行かなかったらしいが、父の話では、桜花に祖母の桔梗は熱心に教えていたという。母は何をさせても凝り性だったらしく、お茶のお稽古も熱心だったと父が言っていた。

マンションでの桜花の写真はたくさん残っている。自分が五歳までは毎週のようにピクニックに行ったり、公園に遊びに行ったりした。天気の悪い日は家で本を読んでくれた。幼稚園での行事もすべて母と一緒の写真が残っている。

凝り性。そういえば、誕生日のケーキはいつも手作りだった。洋菓子屋で売ってるようなケーキが並んだ。短い人生だった母、桜花の生き様を初めて自分で思い描いてみることができた。一人の人間としての生き様を。何に対しても妥協できない一人の女性の姿を思い描いた。

柊の目から涙が止まらなくなった。母が突然出ていった五歳の時も泣かなかった。母の葬式でも泣けなかった。いや、泣かなかったのはずっと桜花に怒っていたからだ。遺産なんかどうでもよかった。もっと長生きしてほしかった。自分の寂しかった思いや突然放り出された子供の怒りをいつかぶつけてそれを受け止めてほしかった。けれど、桜花にはそんな日は来ないとわかっていたのかもしれない。

「だから遺産って、どこまで不器用なんだよ……」

祖母の桔梗は桜花が茶を習っていたことを一言も言わなかった。それはなぜなのだろう。ふと柊は思った。お弟子さんからも晴彦や美麗からも聞かなかった。秋子が言わなければ、たぶん一生知らなかっただろう。誰かが周囲に口止めしていたのではないだろうか。晴彦の慌てようを思い出すと秋子にさえ、誰かが口止めをしていたように思えた。母なのか、父なのか。いや、祖母だろう。

桔梗は思ったのではないだろうか。知ればそれは柊をこの安全地帯に縛り付けることになると。祖母は言った。茶室は集うところでもあるけれど、そこで人がいい時間を過ごし、新たな自分となって出ていくところでもあると。柊にもお稽古を強要することは一切なかった。逆に学校では別の部活に入ることを勧めてくれた。視野が広がるからと。祖母は自分がここから旅立てる日までひたすら見守ってくれていたのではないだろうか。

そう思った瞬間、柊の脳裏に浮かんだのは夕暮れの紅葉楼だ。夕日が長い影を作り、茶庭の椿から花がポトリと落ちる情景。その奥に広がる借景の紅葉山。

紅葉楼での思い出が自分の中でどんどんさかのぼっていく。

春に入ってきた一年がその一年前の自分たちと同じようにを足をもじもじさせながら座った床の間の前。

学園祭の茶席で客を案内した茶庭。

菊也や一紫が迎えてくれた新人歓迎の茶会で同期の錦生、斗真と一緒に緊張して座っていたあの畳。

そして十歳の時、初めて祖母と一緒に訪れた紅葉楼の記憶。

月の形をした灯籠の火口を見ながら、苔のむした蹲で手を清めたこと。

茶室に掛けられたお軸。あの時も同じ、「月点波心一顆珠」が掛けられていた。その時の亭主はお軸の説明とともに、紅葉楼が学校に譲られた時の経緯を説明していた。

茶会の始まりと終わりに交わされる挨拶。

一斉に膝の前に置かれる扇子。

そのあとの御礼の衣擦れの音。

まだ見ぬ来年の一年生が、二年生になった今の一年たちと一緒に茶席に座っている姿さえ見えるような気がする。

集いもするが、生まれ変わって出ていく空間でもあるという場所。

残したいものが何なのか、柊はしっかりと自覚した。

三

十月六日、月曜日。ファンディング期日まであと二十六日。

放課後、情報科学室に行くと斗真と錦生が柊を格別の笑顔で迎えた。

斗真が柊に大きく手を振った。その横で画面を凝視しているのは錦生だ。

「柊！　救世主が現れた」

「一千万円枠を寄付してくれた人がいる！」

「へぇ……すごいな」

ちょっと裏返った声に冷や汗をかきながら柊は、本当だと錦生、斗真とげんこつタッチをする。

「もうちょっと喜べよ。柊。喜怒哀楽が乏しいとモテないぞ」

「関係ないだろ、錦生」

「柊、しかも一万円枠、千人達成だ！　すごくないか千人だぞ」

「ああ、本当だな、斗真。市のホームページにバナー広告出してくれてるのを見てビックリした」

「うん、先週、紅葉山市に挨拶に行った時、その場で変更してくれたんだ。作ったポスターについての問い合わせも時々あるって」

「三千三百万。達成率五十五パーセント、それでも、半分か……」

錦生が現在の金額と達成率をあらためて読み上げている。

晴彦があの日一週間以内に手続きをしてくれると言ってくれていた。金曜日に手続きしてくれたようだ。桜花の旧姓を使うと言っていた。

それでも、目標額からするとやはりまだまだ難しいラインだ。

「まだ三週間はあるけど、他に打つ手を考えた方がいいかもしれない。ブログの更新は毎回工夫してくれてるけど、露出されるところは限られるから」

今週は紅葉山ＦＭという地元のラジオ局に三人で出演する予定はあるが、宣伝効果がどのくらいなのかはわからない。茶室がどれほど素晴らしい景色と一緒に存在しているかを言葉で伝えなくてはいけない。もしそれが成功すれば、物珍しさで寄付に参加してくれる人もいるかもしれない。斗真が市役所に行った時、他に宣伝できる方法はないかと相談し、紅葉山市の広報課がローカルＦＭへの橋渡しをしてくれたという。

斗真に対外折衝役を依頼したのが功を奏している。人当たりという意味では錦生と良い勝負だろう。だが、狙ってではなく、自然と自分の方に相手の興味を引き込む技と、謙虚でありながら、しっかり自分の主張を打ち出せる自信は自分や錦生よりもずっと長けている。普段は野の花のように自然でいることが何よりも幸せだという斗真の希望とは裏腹に、ファミリービジネスで揉まれた如才なさと熟成された社交術は並々でない。気付いていないのは本人だけかもしれない。

とはいえ、柊は斗真の弟、史弥に何気なく相談されたことが気に掛かってもいた。ファンディングで協力して茶花のブログを書いている兄弟を見て、年の近い兄弟がいると家に友達がいるみたいでうらやましいと言うと、史弥が言った。確かに仲がいい方かもしれないし、お互いのことをよく理解もできる。体力も知力もそれほど差がつかなくなってからは一緒に遊ぶことも多かったし、家に友達がいるというのはあながち嘘でもない、楽しいですよと。ただ、相手のことがよく見えるのも確かで、お互いに気を遣うこともあるという。史弥は、長男としての斗真と経営者の母親との間の微妙で目に見えないずれが心配なのだと。

花を生けながら、史弥が言っていた。

――母親は絶対に兄貴に仕事を継いでほしいんです。わかってるんです。けど、兄貴は花を人間の意図で飾るのが苦痛なんです。雑草さえ抜きたくない人で。でも、母親は前向きになれない兄貴のやる気を出させる機会を常に狙っていろいろやらせてるんですけど、兄貴はそれを気付かれない程度に避けている。俺見てて、辛くなることがあって。先輩、どうしたらいいんでしょうね――

自分の行動には一切迷いがないように見える史弥が、兄のことについては何が正解かよくわからないと首を傾げていたことを思い出す。

その斗真が遠慮がちに言った。

「あの、母親から提案されたんだけど、テレビの取材を受けたらって」

「て、テレビ？」

「毎回フラワーアレンジメントを提供しているニュース番組があって、そこに売り込んだって言うんだ」

斗真が言ったニュース番組は朝の情報番組で、視聴率も高い。中高生の文化面の活動を特集するコーナーを持っていて、そこに出てみてはと言う。昨日、取材の申込みが水瀬フローリストを通してあったらしい。

「すごい！　やろう！　ラジオもすごいけど、やっぱり視覚に訴えるのは強いよ。特にプロが紅葉山の借景を美しく撮ってくれるなら、力になってくれる人も絶対に増える」

錦生は万歳して喜んでいる。

「斗真、それ本当に受けていいのか？」

「柊、何を言い出すんだ。いいに決まってるだろう？」

それでも柊は斗真の瞳を覗いた。迷っているなら言ってほしい。母親に借りを作りたくないから断りたいと。だが、斗真から出てきた言葉は反対だった。

「柊、心配ない。大事なものの優先順位くらい自分でつけられる」

大事なものの優先順位。斗真の瞳は身じろぎもせず柊を見つめて言った。今は何を差し置いてもこの茶室、いや、茶庭を残すことが自分の一番の望みなのだという強い気持ちが伝わってきた。

「そっか。ありがとう。斗真」

「じゃあ、手続きを進める。先生に許可もらって、お稽古日に取材してもらえるように」

「すごいよ。斗真、頑張ろう！」

錦生が取材の日は浴衣か着物だな、準備しないと、と言っている。

取材はトントン拍子に決まり、クラウドファンディングの期日のことを相談すると、他の放送予定を変更し、前倒しで取材してくれることになった。

取材の日は茶道部全員が早朝からお稽古に集まった。カメラを前にびくびくしている亜藍と榊を横に、史弥はカメラ慣れしていて、堂々とお運びをしている。柊がお点前をしているところを撮ってもらい、茶庭と紅葉山の借景については斗真がカンペを見ることもなく、アナウンサー顔負けの滑らかな口調で紹介した。

「さすがだな。斗真、まったく緊張してない。芸能人並みに自然に微笑んでるし、なにげにカメラ目線だし」

褒めているのか、なじっているのかよくわからない口調で、口惜しそうに錦生が言っていた。

同時に史弥が何となく斗真の様子を見て安心しているのも感じた。きっと柊が感じたことを史弥も兄に対して感じたのだと思った。斗真は自分の考えで花とどう関わっていくのか、家業とどう関わっていきたいのか前向きに考え始めたこと、逃げていてはいけないのだと思った瞬間を見たような気がした。

十月十七日の金曜日、期日まで十五日を切った。柊が扉を開ける前に情報科学室で歓声が上がっている。扉を開けるとパソコンの前の錦生が走ってきた。

「柊！　すごい、テレビの効果てきめんだった。四千五百万、達成率七十五パーセントだ。この一週間の伸び率を考えれば、達成可能かも」

「けど、同じ伸びが続くとは限らないだろう？　あと、二週間だし」

もう達成してしまったかのように言う錦生に柊は腕組みをして言った。隣で同じように腕組みをしながら斗真も同じように言った。テレビって一過性だからなと。

「へへ、テレビ局に一部動画配信の許可をもらったんだ。学校と部活のＳＮＳにもリンクを張って露出を高める」

顧問の富樫と一緒にテレビ局の人に話し掛けていると思ったら、そんなことをすでに交渉していたのか、さすが広報担当だと斗真が隣で言っている。錦生は斗真の芸能人ぶりをやじってるだけではなかった。

「ラジオの感触も良かったたって、母の友人達から聞いた」

斗真が言った。メディアの露出が重なったことで寄付に動いてくれた人もいるようだとも。

「あ、うちも、ねぇちゃんたちが聞いたって。案外、地元の会社、交通情報も入るから紅葉山

ＦＭを流しているところが多いんだって」

地元のＦＭに出るということの意味がよく理解できた。市役所側がその効果を知っていたから勧めてくれたのだろうということも。

「こんな高校が近くにあるんだって初めて知った人もいたって、ラジオ局に反響が来てたんだって。茶室と借景の素晴らしさを言葉で表現した高校生に感動したってさ。柊」

斗真がそう言って柊の肩をぽんと叩いた。お礼の連絡をした時にラジオ局から返信が来たらしい。茶室のしつらえがどれほど得がたい空間なのか、雨が多い紅葉山ふもとの観月のための借景の茶室を残すことがどれほど大事だと思うかを語ったのは柊だ。茶室の情景説明は文章にして何度も読み返してリハーサルした。その甲斐があったようだ。

「ほんとだよな。柊のは難しい言葉一つ使ってないのに、光に満ちた茶室の情景とか紅葉山の風景とかすごい伝わってきた」

それにしても上手くいきすぎている。何とも言えない嫌な予感がする。その嫌な予感は現実の色を帯びて廊下を急いで歩いてくる足音が運んできた。

情報科学室に入ってきた富樫の顔には問題が起こったと書いてあった。

四

すぐに校長室に来るように言われて二年全員で向かった。

校長室では校長の但馬の後ろに理事長の葉山もいて、二人ともパソコンを見ている。開いているのはインターネットニュースでもゴシップの多い、だが、メジャーなニュースサイトだ。

「紅葉山高校、茶室存続のクラウドファンディングの理由は温水プールの建設」

次々にアップデイトされるコメントには汚い資金集めだという内容を中心にネガティブなスレッドが続いている。

「誰が……けど、茶室を売らないと資金が足りないというのは本当ですよね」

錦生が言った。クラウドファンディングのページには学校の施設増設のための資金作りに茶室が売却される危機にあるとはっきり書いてはあるが、温水プールだとは書いていない。

「温水プールが贅沢な施設だと言われているのですか」

柊が聞いた。

「そういう見方をされているのかもしれない」

富樫がうなりながら答えた。

「でも、この高校はスポーツ推薦の生徒がほとんどで、温水プールが必要だというのも事実で……やっぱり、テレビに出たのが裏目に出たのでは……」

斗真が言った。

注目を浴びれば、それだけ、妬みの対象になる。いったん決定した売却の話をひっくり返し、スポーツ施設への投資に歯止めをかけたことを関係者の誰かが良く思っていなかった可能性はある。

ニュースの出所がどこかわからないだけに、何をどうしていいのか柊には瞬時には判断できない。

「こんなのサイトがアクセス数を稼ぐためのでっち上げニュースに決まってます。サイト運営のファンディングを叩くなんて、やり方がひどすぎる。テレビに出たからって妬む要素がどこにあるんだ！」

錦生が怒りを抑えられず、叫ぶように言った。

「良くも悪くも注目を浴びたのは事実だが、テレビに出たことで資金が集まったのも事実だ。斗真。メディアへの出演は学校側も承知していることだ」

富樫が青い顔をした斗真の肩に手を置いて言った。

「諸君、私立高校だからいろいろ言われるのは仕方がないが……問題は学校の評価が下がることだ。スポーツ推薦ということでスポーツメーカーからの寄付もある。このことが原因で降りるというスポンサーが出るのも困るんだ」

校長の説明に皆が黙り込んだ。理事長の葉山が言った。

「今から緊急で理事会が開かれることになった」

「それは、ファンディングの中止を検討するということですか」

柊は思わず聞いた。

「そういう意見も出るかもしれない。だが、主には学校への悪意ある書き込みにどう対処するかが論点になると思う。富樫君、状況説明のために君にも入ってもらいたいが大丈夫かな」

理事長が言った。富樫の顔が引き締まる。

「お願いしようと思っていたところです。私も同席させてください。みんな、結果が出次第連絡するから、情報科学室で待っててくれ」

全員が立ち上がり柊たちは部屋の移動を促された。だが柊はその場にとどまり深く頭を下げて言った。

「校長、理事長、続けさせてください。お願いします」

錦生と斗真も隣で頭を下げている。

「部長。やましいところはないのに途中でやめるというのは私としても避けたい。できるだけのことはするよ。私も成功してほしいからね」

理事長の声により深く頭を下げ、お願いしますと腹の底から声を出した。

校長、理事長、富樫が慌ただしく来客用の会議室に向かって行った。

学校への攻撃を止めなければならない。

何か自分たちに他にできることはないのだろうか。スマホで確認しても、悪意のある書き込みは止まない。文化財を守ろうとする生徒を応援する書き込みもある。だが、強い口調の書き込みに左右されて、悪い方へ悪い方へと話が流れている。

「ひどい……」

錦生の震えた声が聞こえる。

考えろ。考えろ。大衆を味方につける方法を。より大きな影響力がなければ、この形勢をひっくり返すのは難しい。だが、理事会が開かれている間に何か手を打たなければどんなに理事長たちが頑張っても状況は悪くなるだろう。たとえファンディングが続けられたとしても寄付がこれ以上増えない可能性も高い。より大きい影響力……。

柊の脳裏に菊也と一紫の声が響いた。ここは自分たちのよりどころだった、何でも協力するからという言葉。

「もう一度、菊也先輩たちの力を借りよう」

柊が言った。

「柊、そうか、スポーツ施設が贅沢なのかどうか、内部から外部を説得してもだめだ」

「卒業生から発信してもらえれば」

斗真と錦生が言った。

「卒業生だって内部だけれど、プロを目指しているアスリートになら説得力と影響力はあるはずだ」

三年生の進学クラスは二学期から夜食と送迎バスまでついた受験対策自習クラスがある。柊は、菊也と一紫にメールを書いた。

三年の進学クラスの教室に近い廊下の端で柊、錦生、斗真は先輩たちを待った。三十人ばかりの教室だが、そこだけ空気の張り詰め方が違う。黙々と皆それぞれ自分が持ってきた問題集や、タブレットに映し出された問題を解いている。監督教師が一人、前に座っている。ガラス越しに一紫と菊也が監督教師に何か言って出てくるのが確認できた。

「柊」

廊下に出てきた二人が柊たちを見つけて階段のそばまでやってきた。

「先輩……すみません」

「いいよ。な、菊也」

一紫がそう言って、そっと菊也の背に手を当てた。頷いた菊也が微笑んだ。頬に皺ができるくらい痩せたことがわかる。

「柊、皆で手分けして、今回嘆願書を作る時に協力してくれたアスリートの先輩たちにもう一度連絡してみよう。マラソンの日本代表候補の先輩には、菊也がブログの転用の許可で一度連絡を取っているから、菊也から連絡してもらう。柊の提案通り、彼から温水プールが将来のアスリートにとっても良いリハビリ施設になることを伝えてもらえるなら、強い影響力になるはずだ」

菊也が携帯を持って、校庭に出た。

一紫がその姿を見送りつつ、携帯を握りしめて言った。

「柊、こういうのは一人でも多い方がいい、今、茶席に来たことのあるアスリートの先輩で連絡を取った人の連絡先を携帯に送ったから、俺たちで手分けして電話しよう」

携帯を見ると一紫からすでにリストが来ている。電話をかける担当も書いてくれてある。あの短い時間で一紫が作ってくれたリストだ。

斗真が早速、校庭に出て電話をしている。

十五分くらいの間に一人平均三名に電話した。ほとんどの卒業生の現役アスリートがその記事を見ていた。紅葉山高校という名前でニュースになるのは珍しいからつい見てしまったと言っていた。個人のソーシャルメディアを持っている人たちは、すぐにクラウドファンディングを応援するための発信をするとは言ってくれたが、世間一般の人たちを動かせるほどの影響力はないと思うという回答がほとんどだった。

遠くで電話していた菊也が戻ってきた。

「今すぐなにがしかのコメントを入れると言ってくださった。ひどい記事だと怒ってらしたよ」

「先輩。ありがとうございます」

「ただ、火消しにはなるかもしれないが、ファンディングへの影響は止められないかもしれない」

菊也が言った。

「菊也先輩。閉ざされなければ、まだ道はつながります」

柊の言葉に斗真と錦生も頷く。

状況を確認するために全員で情報科学室に入った。

パソコンでニュースサイトの記事と卒業生が運営しているSNSのアカウントを開いた。

「あ、出た。『スポーツ界のリハビリの多様性を考えれば、スポーツに力を入れている高校に温水プールの設置は必須となってきたと思う。この理由が本当なら是非母校を支援したい』、すごい勢いでシェアされてる。コメント数も半端ない。さっき連絡したアスリートの人たちの間でもシェアが始まった」

同時にニュースのコメント欄を覗くと、だんだんと記事に対してネガティブなコメントが入り始めた。少子化の時代に何かに特化した学校が生徒のために資金を使うのは当然だ。また、家業経営クラスという家業文化を大事にする特殊なクラスのある紅葉山高校だからこそ、立ち上がったファンディングでもあるというコメントもついた。

柊はクラウドファンディングに対してポジティブなコメントが入ったリンクをつけて、富樫に送った。連打で送ったから、きっと富樫の手元がひっきりなしに振動していることだろう。

「たのむ。とがしん。メール見てくれ！」

錦生が携帯を握りしめて祈っている。

隣で斗真も携帯に祈っている。

「じゃあ、俺たちクラスに戻るね。先生に三十分だけって言ってきたから」

一紫が言った。菊也が最後まで一緒にいれなくてすまんと言って、廊下に出て歩き出した。足元の運びが不安定だ。その後ろを追う一紫の袖に柊がそっと触れた。廊下の壁を伝い歩きしている菊也の様子を二人で見つめる。

「……大丈夫なんですか？　菊也先輩」

「眠れてないみたいなんだ……」

受験生だ。睡眠時間を削って勉強しているのだろう。だが、一紫は菊也が眠っていないではなく、眠れていないと言った。精神的なものだということだろうか。

「そばにいても何もできないってもどかしいな」

一紫が言った。やはり、先輩は菊也を心配してクラスを編入したのかもしれない。

「そばに誰かいるって大事だと思います。先輩」

「柊……何もできなくても？」

「何もできなくても」

人間どこまで行っても一人だ。誰かと同化するとかできるわけじゃないし、確実に誰かを助けられるわけでもない。ただ、自分を気にしてくれてる誰かがそばにいるという事実が力を与えてくれる。

「昔は一人で全然平気だったんですけど、三年になって部活がなくなったら、僕も、斗真や錦生のいる家業経営クラスに編入したくなるかもしれません。同期がいて良かった。今、日々実感しています」

一紫が隣でふふっと笑った。

「柊、ありがとう……それを聞けてうれしいよ。やっぱり早めに引退した甲斐があったな」

「先輩……」

「あきらめるなよ」

一紫がそう言って、柊の背中にそっと手を置いた。

「一紫先輩、僕に何かできることがあれば何でも言ってください」

「うん。頼りにしているよ。柊。じゃあ」

菊也がおぼつかない足取りで階段を下り始め、一紫が走って追いついた。柊はその後ろ姿に頭を深く下げた。

情報科学室のパソコンに張り付いている錦生と斗真のところに戻った。富樫に送ったメールが既読になっているらしい。それから十分ほどして富樫がやってきた。ずいぶん憔悴した面持ちだが、三人を前に頬が緩んだ。

「何とか継続になった」

「本当ですか！」

「ああ、ただし、条件が追加された」

「条件……？」

三人とも同じ言葉を口にする。

「今後、関係者及び親族からの寄付はしないようにと」

「え？　それって……どんな関係が？」

錦生が言った。

柊も同じ思いだ。だが、その条件で続ける判断をした理事会側の緊張が伝わってくるような気がした。

「直接には関係ないが、何というか、メディアに突っ込まれるような要素は排除したいという考えらしい」

「じゃあ、あと少しで達成っていっても、俺たちでファンドを追加できないって言ってますか」

斗真が例を挙げて確認している。

「そういうことだ」

「そんな条件……むちゃくちゃだ」

錦生が怒りをあらわに声を絞り出した。

「もうちょっとだったら、俺、お小遣いの定期預金全部投入するつもりだったのに」

「つまりは、そういうことだ」

息まいている錦生に富樫が冷静にコメントした。

「生徒が立ち上げたと言いながら、学校側が生徒に無理をさせて資金集めしたってメディアに騒がれたら、今回どころじゃなくなるだろ」

むううと錦生が変なうめき声を上げて黙った。斗真も同じことを考えていたのか、眉間が狭くなっている。

「そんなに怒るな。送ってくれたソーシャルメディアの内容も皆で検討した結果だ。好意的なコメントに傾いてなかったら、この結果は得られなかった。あの短時間でどうやって連絡したんだ」

「三年の先輩が手伝ってくれました」

「そうか、菊也たちが」

「先生、条件はともかく、ありがとうございました」

柊の掛け声とともに三人で頭を下げる。

「うん……」

歯切れの悪い返事をしながら、富樫の表情はさえない。

「伸び悩むでしょうね」

斗真が冷静に言った。

「そうだな。寄付に慎重になる人が出るだろう」

「でも、つながりさえすれば、まだ一週間以上はありますから」

柊が言った。そうだまだ時間はある。

「だな。今週末の学園祭も頑張ってもらわないとな。茶席のチケット、完売してるそうじゃないか。そこでも宣伝するんだろう」

「そのつもりです」

茶席に入ってもらった人には帰りに、紅葉山高校の茶室、紅葉楼の特色と茶室を残すためのクラウドファンディングについて書いたチラシを作って、渡すつもりだ。

「それはそうと、お前たち今日から毎日稽古するって言ってなかったか？」

「しまった」

一年がお稽古の準備をして待っているはずだ。早足で校舎を出て、校庭を紅葉楼まで走った。

遠くに一年の姿が茶室の門の前に見えた。手を振っている。到着した時には息が切れていた。

「先輩、大丈夫ですか？　あの、これのことですよね」

史弥がスマホで例の記事を表示している。

「ああ、そう……でも大丈夫。ファンドは継続だ」

一年の心配顔が笑顔に変わった。

「学園祭の試作品のお菓子持ってきてるんです」

榊が言った。

「すごくおいしそうですよ。早くいただきたいです」

亜藍が待ちきれないというように言った。

じゃあ、早速お稽古しよう、お菓子が楽しみだと言いながら、茶室に移動した。

最後に露地門を閉めている亜藍に柊が話し掛けた。

「亜藍、学園祭が終わったら、紅葉山神社でお稽古させてもらえる件、一度宮司さんにご挨拶しに行きたいと思っているんだけど。持ち物確認したいし」

「はい。部長、では父に都合を聞いておきます。学園祭終わってからの方がいいですよね」

「その前でもいいよ。学園祭終わったら、少しお休みして再開でもいいかなと、思ってるし」

「わかりました。あの、先輩。もっと他に僕たちにやれることはないでしょうか」

「考えてみるよ。その上でお願いできることはみんなにも手伝ってもらう」

「はい。いつでも声を掛けてください」

「でも、今は一年が学園祭で充実した茶会をしてくれることだけ考えてもらえれば」

「はい……頑張ります！」

　誰かが練り香を足したのか、茶室からふっと香の香りが流れてきた。風が吹いて木々や草花がさわさわと音を立てている。池からは鯉のはねる音が聞こえる。この光景と空間を残すことが本当にできるのだろうか。いや、残すのだ。せっかく継続されたファンドだ。柊は紅葉山の借景を望む茶室に座りながら決意を固くした。

五席目

救世主現る!?

一

学園祭当日は秋晴れの良い天気になった。土日の二日を割いて行われ、学外からの参加も多い。特に他校の茶道部が来てくれる。普段は男ばかりだが、茶席は女性で華やかになる。

まずは朝一番に三人の大輪の花が着付けのために来てくれた。錦生の姉たちだ。去年と同じく、全員に着物を着付けてくれた。手際も着付けの仕上りもプロの仕事だ。

「部長さん、全員完了です。去年に劣らず今年も凛としていて、素敵な茶道男子たちね」

次女の蓮子が言った。蓮子は実際自宅で着付けの教室を持っている。

「ありがとうございます」

口々に錦生の姉たちに礼を述べている。

「明日もこの時間に来るけど、来年もお手伝いできればうれしいわね。ここで」

「そうなるように頑張ります」

三女の椿が暗にエールを送ってくれていることに答えて柊が言った。隣で長女の菫が微笑んで頷いている。

富樫は書道部の展示が終わったらすぐに一度来ると言ってくれていた。

参加してくれた人に寄付の案内をするための二次元コードをつけたチラシも用意した。看板にも同じようにチラシを拡大したポスターをつけ、チラシも置いた。チラシは斗真、史弥兄弟が、自宅のオフィスを使って作成したものだ。斗真が大きく印刷して、ポスターを作りたいからと母親を相手にレーザープリンターの使用を交渉してくれたらしい。

八時半には人が入ってくる。席の用意が整ったところで柊は全員に、一度茶席に座るように言った。

着物の衣擦れの音が響いて二年の前に一年が座った。自然と全員で床の間を見上げた。

「月点波心一顆珠」の力強い墨の字がこちらを見下ろしている。その下には朝から摘んだ可憐でみずみずしい白と黄色の小菊が野にあるように竹かごに収まっている。柏木堂の輝く満月さながらの黄色い茶菓子が出番を待って菓子器に収まっている。

「全席完売してしまったので、今日と明日、特別に、もう一席最後に追加することになりました。長時間ですが、どのお客様にもこのお茶会を楽しんでもらえるように頑張りましょう」

全員が自分の前に扇子を置いて、一礼した。

すでに門の前から人の喧噪が聞こえてきている。亜藍が、お客様ご案内しますと言って草履を履いて門を開けに行った。


初日の茶会が終わったあと、着替えた二年が情報科学室に集まった。ここはプログラミング部の発表の場になっているようで、パネルには開発したゲームの説明が貼られている。

パソコンを開いて、ファンディングページを立ち上げた。期日まではあと七日だ。

「残り七日にしてあと八百万。達成率八十七パーセント……か」

「あと、八百万……」

「スポーツ関係の人たちからの寄付が増えたのはうれしいけど、逆にお茶室を残したい人たちからの寄付は完全に止まった感じだな」

斗真が言った。

「寄付しやすいように一万円枠を増やしてはみたんだけど。正直言って厳しいな」

いつも楽観的な錦生でさえも、視線を落として言った。

「今日の案内でも一万円枠は増え始めているけれど、そんなには期待できない。明日のお客さんが全員一万円枠で寄付してくれたとしても八十万上乗せがマックスだ」

「そんな都合のいい話はないだろうしね。だいたいこの学園祭の茶席の券を買ってくれた人ならもうすでに寄付してくれてる可能性も高い」

「他に手を打てそうなところはもうないのか……」

柊は自分に問いかけるように言った。

亜藍には何か考えると言ったものの、メディアへのアプローチは諸刃の剣とわかって地道に活動を訴えていくことに重点を置いてきた。もちろん、この茶室を使ってもらえそうな団体には積極的に説明にも行った。この県に支部はないというのに、香道の各流派も寄付を申し出てくれた。だが、それでも八百万を埋めることは難しいだろう。

「あれ？」

錦生が声を上げた。

「どうした？」

「久しぶりの問い合わせが入ってる」

錦生が指さしたのはクラウドファンディング機能に設けられた寄付希望者からのメッセージだ。匿名で送信できるようになっている。多くは特典に関するもので、茶席のチケットを使える行事の詳細や有効期限、チケットの譲渡の可否や茶室の仕様についてなど、茶室を使う場合の具体的な予約方法についての質問もあった。同じ質問が来ないように問い合わせが入るたびに特典ページにリンクを張るなどしてより詳しい説明を加えてきた。そのおかげで最近は特典に関する問い合わせはほとんど来なくなっていた。

錦生が開いたメッセージは特典についてでも茶室の予約方法でもなかった。錦生がメッセージをそのまま声に出して読んだ。

「ええと。『貴殿のファンディングに興味を持っている者です。紅葉楼がその場所にあるべき理由を三つ述べられたら、一千万円枠で寄付させていただく予定です。期日は十月二十八日火曜日午後六時まで。匿名希望より』って……」

一瞬、六つの目がじっとそのメッセージを見つめた。

「一千万円枠……」

柊が呟いた。

「本当だったら、一気にクリアだ」

斗真が勢い込んで言った。

「けど、ここにある理由って、紅葉山の借景のことだけじゃなくて？　あと二つって何だ。雨が多いからってこと？　月が綺麗に見えるところだからってこと？」

「雨が多いところも他にあるし、月が綺麗だなんてはっきり言って主観だと思うぞ」

錦生の質問に斗真が答えている。柊にも紅葉山を借景にしていること以外には思いつかない。

「錦生、分割で答えても受け入れてもらえるのか聞いてみて」

「わかった」

柊の言葉に錦生が問い合わせとありがたいお申し出をありがとうございますの挨拶のあと、分割回答が可能かどうかの文章を素早く打って送った。一瞬で新たなメッセージが返ってきた。

「分割回答ＯＫだって」

「よし、じゃあ、一つ目の回答を送ってみよう」

「ええっと、『紅葉楼は紅葉山を借景として建てられているため、この方角のこの場所にあるべき』ってこんな感じ？」

「いいと思う」

斗真の言葉に錦生が送信を押している。

ピンと返信の音がしている。

「はや！　正解だって。一つ目は正解したみたいだ」

後ろで扉が開く音がした。今日はお疲れという声は富樫だ。富樫を囲むようにして迎えに行った柊たちを、何だ何だと怖がって後ずさりしている。

「初日に立ち会えなかったことを怒ってるのか？　顔が怖いぞ。いや、書道部で立ち会える奴が少なくてさ。すまん、すまん」

「違うんです！　先生、紅葉楼がこの場にある理由を探さないと。紅葉楼の譲渡の書類ってどこにあるんですか！」

「な、何で、えっと資料は校長室かな……」

事情を説明するのももどかしく、三人で細切れに事情を話しつつ、富樫を先頭に校長室の前まで来た。校長に見てもらえるように柊はスマホでメッセージのやりとりのページを画面に呼び出し、富樫に持っていってもらう。

「まさかとは思うけど、出題者、校長じゃないよね」

錦生が言った。状況に一番詳しい人は誰だという話になった。もしそうだったとしたら、資料は貸してもらえないのではないか。ならなぜこんなややこしいメッセージを送ってくるのかという話も出てきた。錦生はどうしても送り主を特定したいらしい。確かに事情に詳しいならこの学校に近い人物に違いない。

「じゃあ理事長？」

「そんな持って回ったことをする人には思えない」

常日頃、人をよく見ている斗真が言った。斗真が言う通り、校長も理事長も直球を投げてくる人だ。顧問を通じて茶室の売却について早々に生徒に伝えてくるなどその最たる例だ。

「いや、人は見かけで判断しちゃいけないって言うじゃん」

錦生の言葉に斗真も推理の結果を述べる。

「見かけ関係ないんだったら、今、一番助けてくれるかもしれないのは、とがしん？」

「俺じゃないぞ」

そう言って校長室から富樫が出てきた。

「ま、見かけからして一千万も余裕で持っているように見えないだろうけど」

「いや、そういう意味では。すみません。先生」

自分のコメントが聞かれていたことに、斗真が顔を赤くし、頭を下げて謝っている。

「先生、何かわかったんですか？」

柊は富樫が抱えている資料を見ながら聞いた。匿名の寄付希望者が出した猶予は今日を入れて四日しかない。

「事情を話して校長からしばらく借りた。職員室で見よう」

職員室の富樫の席の周りに丸椅子を三つ借りて資料を読み始めた。富樫が借りてきたのは登記資料が入ったファイルと創設誌だ。

登記資料を富樫がめくり、創設誌、紅葉山高校のあゆみなどの本を柊たちが手分けして調べ、譲られた経緯や紅葉楼について書かれているところをピックアップし、付箋を貼っていく。

「残念だが、登記の際の茶室に関するメモは残ってなかった。本当に土地の資料だけだ」

富樫が言った。校長も代替わりしている上、前校長はすでに他界している。一番古い資料にかろうじて土地を譲った人の記述が残っている。柊が声に出してその部分を読んだ。

「紅葉楼は和倉正善氏三十五歳の時、月珠楼を模した年中いつでも観月できることを目指して作られた茶室であり、実際の月珠楼の座敷から京都の紅葉山を見渡せることを再現し、この地の紅葉山を借景としている。学校はこの茶室を動かさないことを条件に土地を譲られ建設に至った。茶室の設計および施工者は室戸台風で被害を被った綾離宮を修復した宮大工の弟子でこの土地にゆかりのある数寄者とのこと」

「それだけか？」

　富樫がため息とともに言った。

「一番古い創設誌に一番多く記載されてました。紅葉楼の立て看板とほぼ内容は一緒です。他でもともとの土地について書いてるところはありません。紅葉楼の説明はありますが、どれもこれも似たり寄ったりで、この場にあることについて詳しい記述はほとんどありません」

「さっき、校長に和倉正善氏について少し聞いてきた。明治三十六年生まれ、平成五年に九十歳で亡くなられている。茶室の土地を譲ってくださったのは五十六歳の時。正善さんの息子さんもすでに亡くなられていて、今はお孫さんしか残っていない。茶室に思い入れはないと言ったのはそのお孫さんだ。おじいさんの物はすべて処分してしまって、葉書一枚残っていないと言っているらしい。正直手掛かりはほとんどない」

「でも、絶対茶室に来たことのある人、それも学校に譲られる前から茶室を知っていた人ですよね」

　斗真の言葉に皆が頷いた。前校長も亡くなっているというのに、そのような人物がいるのだろうか。自分たちの世代でコンタクトできる人は限られている。

「譲られて六十年以上経っている。もしかしたら、昔の先輩で誰か知ってる人がいるかもしれない。何度も申し訳ないけど、一紫先輩は明日来てくれると言ってたから前もってメールで聞いてみよう」

「今のところこの学校で一番古くからいるのは校長ということになるが、三つもあるなんて話は初めて聞いたらしい。一応理事長にも聞いて何かわかったらすぐ連絡するとは言ってくれていたが、知らない可能性が高いと言っていた」

富樫が言った。

「今のこの時点で『紅葉楼』をよく知っているのは茶道部以外にいない。何とか僕たちだけで正解を見つけよう。この学校の茶室なんだから」

柊の言葉に頷いた二人と一緒に、記述されているところを穴が開きそうなぐらい見つめる。紙に穴が開くぞと本気で富樫が後ろから言った。

「年中いつでも観月できる……」

斗真が記述を読んだ。手掛かりはそこしかない。

「うん。その言い回し、確かに気になる」

柊も同じように頷いて、その文を指さした。

「あのお軸があるからじゃなくってだよね？」

錦生が茶室の方を指さして言った。

一緒に贈られた「月点波心一顆珠」の掛け軸のことを言っている。

水面に映し出された月が水に浮かんだ真珠のようだという意味だ。

だが、掛け軸は持ち運びが可能だ。容易に動かせないものがあるからこそ月が観賞できるとしたら、山以外に。

「月珠楼はもともと池に映した月を観賞するための茶室だ。だったら」

「そうか、庭に出なくても茶室から月が見られる時間帯が」

柊の言葉で錦生が月齢だと言いながら、スマホで検索を始める。

「今日の月の出は十九時過ぎだ」

時計はもうすぐ午後六時になろうとしている。

「今から行ってみよう」

斗真が隣で資料を片付け始めた。

「おい、もう下校時間だ。門が閉まるぞ」

一緒に資料を片付ける富樫が言った。

「だからですよ。僕たちはまだ本物を見たことがなかったんだ。お願いです。今日、もう一度、紅葉楼に戻る許可をください。富樫顧問」

柊は立ち上がって頭を下げた。

斗真も、錦生も同じようにそれぞれ一礼している。

「お前らずるいぞ、こんな時だけ顧問呼ばわりして」

富樫が三人の頭にそんな言葉とため息を漏らす。

「と言っても、俺も気になる。資料返しに行って校長に居残りを頼むから、ほら、資料運ぶぞ」

「ありがとうございます！」

体育会並みの大きな声で言うと、三人はそれぞれに資料を持って富樫に続いた。

校長室の前で富樫を待っていると、一紫からの返事が来た。古い部長の連絡リストにできるだけ連絡を取ってみると書いてある。

校長室から出てきた富樫に言われて全員が自宅に遅くなる連絡を入れ、近くのファストフードの店で夕飯を取った。茶会に顔を出せなかったからか、もうこんなこと二度とないと思ったのか、富樫のおごりだ。

全員でごちそうさまの挨拶をした。

「一千万は出せなくてもこれぐらいは出してやれるよ。それに、お前たちそれなりに出世しそうだからな」

「先生、夕食代くらいで見返りを期待してるんですか？　それに出世するとは限りませんよ。僕なんか、呉服屋をつぶして借金して先生に泣きつきに行くかも」

駅前のファストフード店から学校に向かう道で錦生が言った。

「お前は絶対にそんなことしないよ」

富樫が空を見上げて言った。

「あの月がお前たちを見守ってる限り」

頭上に上がり始めた三日月の光が降り注いでいる。誰ともなく富樫を置いて駆けだした。慌ただしく鍵を開けて茶室に上がった。昼間の茶会の名残の香が香る。さすがに茶室はひんやりとしている。障子を全開にしてもどかしく雨戸を開ける。

池の中にはまだ月が映り込まないが、天空のかすかな明るさをその湖面に映している。じっとその時を待った。いつの間にか富樫もやってきて、半分眠りながら一緒に座っている。

月が池に映り込み始めた。

斗真が部屋の明かりを消した。

映り込んだ池の光は反射してそれぞれの顔も照らす。

「やっぱり……」

「本当に水面に月が浮かんでるみたいだ……真珠じゃないけど、剣が……」

錦生が剣と表現したその白い美しい造形は風で水面がふっと揺れると、同時に揺れた。

「場所によっては、ほら、手水鉢にも月明かりが」

斗真が、茶庭のそばにある手水鉢に映った三日月を写真に収めている。

「本当だ」

錦生も斗真のそばに立って、映り込んだ三日月を見ている。

「夜咄《よばなし》の茶会をしたんだ。きっと」

柊は言った。冬の寒いさなか、ろうそくの光だけで行う夜の茶会だ。小さい頃は寝る時間だといって参加させてもらえなかったが、祖母も昔は夜の茶会をしていた。この茶室も寒い中にもきっと障子を開けて月明かりを楽しんだのだろう。雪が積もっていればより風情のある茶庭が見られただろう。水面から水蒸気が上がっている様などを想像しただけでも幻想的だ。

「夜の茶会か……灯籠があるのは飾りじゃなかったんだ」

いつも茶庭の面倒を見ている斗真が言った。

「そうだな。あそこに火を入れて手を洗って茶席に入る。一年にも見せてやりたかったな」

柊は言った。

「ほんとだ。史弥に見せたかった」

斗真も言った。錦生が来年の一年にも見せてやりたかったと言う。

明日でここは閉まる。そのまま売却されれば、これを見ることは一生ない。観月のための茶室らしい茶会のテーマを考えてくれた一年の三人にもう一度この光景を見せてやりたい。柊は心底思った。

「これ、送信するね」

錦生が言った。

「第二の回答は『観月のための紅葉楼の茶室から、池に月が映り込むように設計されているために、ここにあるべき』でいいかな」

錦生の回答案に柊と斗真が頷いた。

柊の隣で斗真が正解でありますようにと、手を合わせている。

「送信！」

錦生の掛け声とほとんど間髪入れずに返信の音がする。

「やった。正解だって！」

「なんだ。なんだ！　ビックリした」

錦生の大声で富樫が起きた。

「もしかして、正解したのか？」

「はい！」

隣で斗真が元気良く返事をした。

「あと一つ。答えは絶対にこの茶室の中にあるはず……」

ここまできたらここで徹夜してでもあと一つ何としてでも探そうという錦生の意気込みを察したのか、富樫が立ち上がって言った。

「今日はここまでだ。帰った。帰った」

「え～！」

「え～じゃない。早く戸締りしろ」

富樫にうるさく言われて戸締まりをし、鍵を閉めた。あと三日で最後の一つを探さなくてはいけない。

そして、ファンディング最終日まであと六日となった。

二

学園祭最終日、今日の紅葉楼の前には昨日、錦生が一晩で加工してきた写真のポスターが追加されている。紅葉楼がここにあるべき理由の光景を撮った写真だ。

湖面に映る三日月が美しく輝いている。

ポスターには『この光景を残すクラウドファンディングにご協力ください』と書き添えられている。

錦生がポスターを小さくしたサイズのチラシを茶室の近くを歩く人に配った。

茶席は予約で満席だが、ポスターを見て興味を持ってくれた人に、史弥と斗真が交代で茶庭を案内している。

ポスターとチラシ配り、茶庭案内は一紫のアイデアだ。

昨日、柊は歴代部長から情報を集めてくれていた一紫に二つ目を正解したと連絡した。一紫は終日手伝いに入るから、学園祭に来たできるだけ多くの人に、茶室のことを知ってもらう働きをした方がいいと言ってくれた。一紫は朝から予約客の茶室への誘導と、お水屋を手伝ってくれている。

今朝は湖面に映った三日月の写真を見て一年全員から二年だけずるいの攻撃を受けた。だが、一年に昨日の匿名の寄付希望者の話をして納得してもらった。併せて、思い当たることがあれば、何でも言ってくれと伝えてある。

「あと一つ理由があるんですね」

亜藍が真剣な顔をして言った。何としても回答しなくてはと思っているようだ。寄付のためというより、ここを使ってきた部員として答えたいと皆が思っている。

午後の最後の茶席となった。

チケットは販売していない特別枠。今日は最終日とあってそれほどの申込みはない。一年にも茶を点ててやれるかもしれない。その前に先輩だ。

ずっと水屋で茶碗を洗ってくれた一紫のそばに柊が座った。

「柊、盛況で良かったな」

「先輩、本当にすみません。結局ずっと手伝わせてしまって。次が最後ですから、どうぞお席に入ってください」

「ありがとう。せっかくだからいただいていくよ。片付けは手伝わなくても大丈夫か」

「大丈夫です。……あの、一紫先輩、最後のお席、菊也先輩も来てくれるでしょうか」

一紫がわからないというふうに首を傾げた。

「外部の模試らしい。終わったら何とか駆け付けたいって言ってたけど。厳しいかもな」

「そうですか、残念です」

「それと、昨日メールもらった件だけど、歴代部長からのそれらしい回答はまだない。茶道部に伝わっていないのなら、知ってる人はまずいないだろうな」

「そうですか」

「いつでも観月できるか……俺も考えてみるよ」

「お願いします」

「今日で、いったん、ここ閉めるんだっけな」

「はい」

「お客様、お席にご案内します」

待合の方から斗真の声がした。最後の席は亜藍に亭主を任せている。

「最後のお席のお点前は柊なの？」

「はい、お稽古させていただきます」

「それは楽しみだ。菊也に見せたかった」

そう言うと一紫が待合の方にいったん下がっていった。


最後のお席のあと、全員でお茶を飲んでから片付けに入り、夕日の落ちる前に紅葉楼の鍵を閉めた。一年を先に帰し、二年の三人で庭の点検と門の前に出していたパネルの貼り紙を新しいものに変えた。

『現在使用できません。御用のある方は学校主事室まで。電話番号〇〇〇〇〇〇〇〇〇〇』と書いてある。

「岸谷さんが用意してくれたの？」

斗真が聞いた。

「そう。これ、貼っておいてくれって」

「達成したら岸谷さんにもお礼をしたいって言ってたのにね」

錦生がタブレットを出してファンディングのページを確認している。茶会を皆に任せて一日チラシを配っていた。最初にクラウドファンディングを提案してくれたのも錦生だ。どうしても成功させたい気持ちは痛いほどわかった。だが、無情にもその数字は達成率八十七パーセントで止まったままだ。

「完全に止まったね」

目標額を達成しなければ、このファンディングはなかったことになる。もともと茶室の貸し出しや茶会のチケットを特典としているのだから当然だ。

「でも、まだ終わってない」

柊は言った。まだ終わらせたくない。

「そうだな」

斗真が力強く頷いた。

「明日は代休だから午前は紅葉山神社の宮司さんにご挨拶に行ってくる。お稽古は休みにしたけど二年は午後、学校に集合でいいか」

柊が言った。最後の一つの解答を見つけたい。斗真も錦生も頷いた。

学園祭の撤去作業を横目で見ながら三人で駅まで歩いた。

結局、菊也は来なかった。連絡するかどうか柊は迷っていた。無事終わりましただけでもいいかもしれない。だが、連絡すればしたで、菊也は余計に気にするのではないだろうか。後輩の最後の茶席に参加できなかったという後悔をさせることになり、余計に追い詰めることにはならないだろうか。一紫でさえも、今日は積極的に連絡しなかったようだ。なぜか理由のわからない胸騒ぎを覚える。連絡するならメールじゃなくて電話にしよう。それなら、相手の様子もわかる。皆に断って、歩きながら菊也の電話にかけてみた。だが、しばらくして留守電に変わった。留守電に入れるのもためらわれてそのまま切ってしまった。

紅葉山高校前駅の改札を入って反対側の電車の斗真と別れ、錦生と帰りの電車を待った。

「平賀覚えてる？」

錦生が言った。

「ああ、野球部でお稽古に来て、池に落ちた錦生の中学の時の」

甲子園で活躍して表彰されたというのに、デッドボールが怖くなって野球部を辞めたくて悩んでいたからお茶室に誘ったと錦生から聞いていた。彼は夏休み明けてすぐに茶室に寄ってくれたが、富樫の勘違いで池に突き落とされてしまった。何だか遠い昔の話に思えるが、ついこの間の話だ。あの時、また来ますと言ってくれた。

「最後の茶席に入ってくれてたな」

柊はお点前をしながら来てくれていると思って見ていた。

「うん。絶対もう一回ここでお茶飲みたかったんだって言ってくれてさ。門のところで立ち話してたんだけど、今、野球部辞めてバドミントン部に入ったんだって」

「へぇ」

「シャトルだとさ、ま、当たれば痛いけど、野球の球ほどじゃないからって。なんか、あいつ俊敏だし、足速いから四番バッターだったらしいんだけど、バドミントンもめきめき上達してるんだって。勝ち抜いて来年のインターハイに出るんだって息巻いてる」

「ほんとか。それすごい」

「こっそり言ってたけど、野球辞めてどうなるのかすごい心配だったんだって、紅葉楼の池に落ちた時、このままおぼれてもいいかもって一瞬思ったくらいって」

錦生の言葉が何か恐ろしい暗合のような気がする。目の前に鉄の塊の電車が入ってきた。柊は携帯を思わず落とした。それを拾い上げると、そのまま改札の方に足を向けた。

「ごめん。やっぱり先帰ってて。もう一回紅葉楼の戸締まり見てくる」

「柊！　俺も行くよ」

何もなければいいんだ。

きっと何もない。単なる思い過ごしだ。

考えとは裏腹に足の加速は止まらない。

全速力で走った。これまでの人生の中で一番速く走った。後ろで錦生が何でと叫びながら、必死に追いかけてきている。

今日からまた野球部の夜間練習らしく、校庭を走り抜けている途中にライトがついた。

自分の影が恐ろしく大きく映った。目指している紅葉楼も浮かび上がる。

竹の門の前に人影を見つけた。人影は案内パネルの端をつかんで屈んでいるように見える。

「菊也先輩！」

痩せた背中を支える。片膝をついた菊也の体は前傾し、呼吸が不規則だ。過呼吸かもしれない。

後ろを振り返ると錦生が走り歩きしながらよたよたと近寄ってきている。

「錦生！　救急車！」

錦生は返事をする前に緊急電話をしている。案内のパネルを握りしめた菊也の手が白い。

「菊也先輩、しっかり！　空気を吸いすぎないで」

言っても難しい。柊にも経験がある。だが、菊也は何度も経験があるのか、何とか呼吸を整えようとしている。救急車のサイレンの音を聞きながら、柊は菊也の背中をさすり続けた。


救急病院の待合室。重苦しい空気の中、柊と錦生そして、隣に一紫が座っている。一紫なら家族ぐるみの付き合いがあると言っていたことを思い出して連絡した。一紫はすぐに菊也の自宅に電話してくれたが、自宅にはつながらないと言い、そちらに行くと言って病院に来てくれた。

待合室に携帯を持った富樫が入ってきた。

「大丈夫。連絡ついたよ。ご両親、外出先から今地元の駅まで帰ってこられたところだ。すぐに来られる」

「菊也先輩は？　もう大丈夫なんですか」

柊が聞いた。救急車の中ずっと手を握っていた。痩せていた。見ためよりもずっと。骨と皮のようだった。もともと痩せてはいたが病的だと思った。救急車の中で、菊也が柊の家の茶室で言った言葉がずっと頭の中で繰り返し聞こえていた。紅葉楼は自分にとっても心のよりどころだったと。

「もう大丈夫だろうって、睡眠障害からくる疲労らしい。今、点滴打ってもらってる」

そう言って、富樫が柊の肩に手を置いた。心配するなというような気持ちが手の平から伝わってきた。

三年生の文化部の部活引退は学園祭のあとが一般なのに、二人とも一学期で引退した。柊が引き留めた時、菊也からそれが部活に入るための親からの条件だったし、夏休みも恐らく一日も参加はできないだろうと聞いて納得せざるを得なかった。一紫にだけでも残ってほしいと言ったが、一紫も夏は海外に行ってしまって参加できないからと一緒に引退した。それがあとでは二年が存分に活動できるようにという配慮でもあったと気付いた。

二人とも、引退する時、柊に同じようなことを言った。茶道に関する知識も技量も君に勝る部員はこれから先も出てこないだろう。けれども、柊にとって一番大事なことは、ここで同年代と後輩とより濃い時間を過ごすことだと。菊也も一紫もここでしか得られない時間を過ごせたと言っていた。それを体感してほしいと。

特に菊也はよく茶室に来ると自分の中でぐるぐる回ってる考えが少しまとまる気がすると

言っていた。茶室に来ることがなくなって、菊也の中でぐるぐる回る何かが本人を追い詰めたのだろうか。菊也は最後に一言でも後輩に声を掛けようとしてくれたのではないだろうか。真っ暗な紅葉楼と貼り紙を見つけた時の菊也の気持ちを想像すると胸が痛む。きっと終わってしまったという暗澹たる思いが重くのしかかったに違いない。なのに自分たちにはもう守りきれないのだろうか。こんなにも大事な場所を。

「一紫先輩……」

「柊」

「どうしたら守りきれるんでしょう。もう、時間が……」

寄付希望者が出してくれた最後の一つの解答が送れていない。期日は二日後火曜日の午後六時。ファンディングの期日は今月末だが、ネットニュースサイトで騒がれ、けちのついてしまったこのファンディングにあと八百万近くの寄付を集めるのは難しいだろう。今、誰よりも、何よりも強く紅葉楼を守りたいと思う。もう自分にできることが限られているなら、誰かの助けを借りてでもいい。何とかしたい。

「柊、古くからこの町にいる人に聞いて回ろう。うちのじいちゃん、ばあちゃんの記憶は怪しくてだめだったけど、他に当たれる人を」

「そうだな、まだ望みはある。学校になる前のあの茶室に行った人で、まだ生きてる人」

だが、各部員の両親、祖父母、親戚関係に至るまでこの土地にいた年配者にはすべて聞いてもらったあとだ。柊は祖母と同年代の茶人にもすべて連絡して聞いてみたが知っている人はいなかった。他に誰かいるだろうか。

「六十年以上前……」

「六十年以上前からずっとあるといえば」

古い施設で何かが保存されているところはないだろうか。市立の図書館はすでに探しに行ったあとだ。だが個人宅の記録までは残っていなかった。茶室と関わりの深い家柄でずっとこの土地にある家にならば資料が残ってるかもしれない。

柊の脳裏に学校の背景にそびえる紅葉山が浮かんだ。ふもと近くに見える鳥居が。

「……紅葉山神社！」

柊が叫んだ。

「俺も今思った。けど、亜藍に、今の宮司さん、お父さんに聞いてもらったけれど、自分の時にはすでに学校になっていたからわからないと言っていた」

「けれど、先代への茶会の案内があるかもしれない」

「そうか、昔は葉書か手紙だよな。なら、残っているかもしれない」

「亜藍に連絡して宮司さんに探してもらおう」

柊がメールを打ち終えるころ、救急の待合の方に早足で歩く足音が二つ響いてきた。遠くから慌てた様子の二人の大人の影が近づいてくる。一紫が、菊也の両親だと言って立ち上がった。

三

真っ赤に色づいた紅葉に囲まれた朱色の鳥居は保護色のようになって紅葉と一体化している。亜藍がこの鳥居の周りの紅葉がいつも張り合うように一番紅く色づくのだと言っていた。この時期になると遠くから鳥居がなくなったように見えるのはそのせいなのだと彼に聞いて初めて知った。

朱の鳥居と紅の紅葉。風情のあるこの景色を結構な人が写真に収めている。いつもひっそりしているこの紅葉山もこの時期は遠方からの観光客でも賑わう。

紅葉山神社のお稽古で使う茶室に通されるとしばらくして宮司が現れ、座した。お互いに一礼をし、挨拶を交わす。障子が開いて亜藍が煎茶の入った盆を柊の前に置いて、宮司のそばに座った。

「お茶室を貸していただくのにご挨拶もぎりぎりになって、申し訳ありません」

「とんでもない。茶室は使ってくれる人がいてこそですよ。扉の向こうが水屋になってます。ここにあるものは何を使っていただいても結構です。それと、息子から聞いておりました、先代の宮司あての和倉家の茶会の案内ですが、一枚葉書が出てきました。こちらです」

そう言って着物の袂から葉書を一枚出すと、柊の前に置いた。

「ありがとうございます」

「申し訳ないが私はこれで失礼させていただきます。何かありましたら、息子にお申し付けください。亜藍、茶室と水屋、ご案内して差し上げて」

「はい」

亜藍がそう言って、お盆を抱えながら、柊の隣に座った。

宮司が出ていったあと、亜藍と二人で葉書を覗き込んだ。達筆な手書きの茶会案内だ。絵心があるのか墨絵で三日月が描かれている。

じっと見たあと、亜藍が言った。

「時間が……これ、午後ですか？」

「いや、これは、たぶん朝だ」

「真冬の朝ですか？」

早朝の茶会はある。ただ普通真夏に行われる。暑い季節にせめて涼しい時間帯に行おうというもので早朝に行われる。柊の祖母、桔梗も五時半から七時半の間というその日、学校や勤めに行く人にとっても参加できる時間帯で行っていた。だがこの葉書の茶会の時期は一月末、極寒の真冬。恐らく日の出が六時半とかの季節に会の開始は六時とある。

「朝に月が観られる場所があるのか？　この時間だと、暁の茶。夜明けを見る会になるはず」

「朝まで月が出てることってあるにはありますけど、時期によりますよね。夜中に沈んでしまうこともあるし」

亜藍が手早くその日時の月齢を調べている。

「確かに半月くらいみたいですけど、明け方には沈んでいます」

「そうか……ギリギリ残っていても朝日が出てしまったら余計に月がかすむだろうし……」

「朝日……」

亜藍がふと視線を上げた。柊がその視線の先を見る。午前の朝日を受けた障子に紅葉の木々の形が浮き出ている。

「部長、僕、わかったかもしれません」

「亜藍？」

「けど、それが正解かどうか自信はないです。部長、明日五時半に紅葉楼の庭に集合ってできますか？」

「できる。けど、茶室には基本入れない。先生に連絡してみるよ」

「僕たち、ここ一週間、その時間にお稽古してたんです」

「え？」

「朝練です。もし合ってるなら、早起きは三文の徳です」

「亜藍、もし、本当にそれが正解なら、三文じゃなくて一千万の徳だ」

「部長が、いえ、先輩たちが僕たちに期待してくれたから。今できることは、学園祭に充実した茶会をすることだって。それで一年だけで朝練してたんです」

「亜藍……」

「だから、本当にそれが正解だったとしたら、これは茶道部全員の力です」

柊はそれから水屋の確認を亜藍としたあと、午後、紅葉山高校の情報科学室に行った。すでに錦生と斗真が来ていて、二人ともパソコンを前に何かしていると思って近づいたら、腕を枕に寝ていた。茶会を滞りなく運営しながら、茶室存続の説明をして協力を求めるという荒技をやってのけたのだ。しかも二日連続で夜は遅かった。斗真はともかく、自分も錦生も昨日は付き添いで救急車にまで乗ってしまった。疲れはピークだろう。

朝から菊也から電話をもらった。迷惑かけたと言った声は相変わらず力がなかったが、まだ伝えていなかった高額寄付希望者の話をすると、一緒に興奮して応援をしてくれた。

柊の足音に二人の体が反応した。まるで授業中にうたた寝している生徒が先生に反応したような感じだ。柊の頬につい笑みがこぼれた。

「なんだ、柊か……」

大あくびで伸びをしながら錦生が言った。

「学園祭終わったら、気が緩んで」

斗真が目をこすっている。

「どうだった。宮司さんとの打ち合わせ」

柊は二人に宮司から預かってきた葉書を見せ、早朝の待ち合わせについて話をした。

「朝練してたのか……。道理で、お点前も半東も、亭主も完璧だったわけだ。二日目の急な順番変更にもまったく動じなかったし」

「本当だよな。急にお点前って言っても、手順も帛紗《ふくさ》捌きも完璧だったし。史弥のちり打ちの音なんて小憎らしいくらいきりっとしていた」

斗真の言葉に錦生が相槌を打ちながら言った。斗真は史弥とは朝はいつも別々に学校に行くため、朝練のことを知らなかったらしい。

柊も気付いていた。

帛紗は道具を清めるためのほぼ四角形の布だ。シルク素材で二重になっている。腰につけて、必要な時に取り出し特殊なたたみ方をして道具を清める。慣れていないと扱いにまごつく。三人とも稽古を始めて半年だというのに、手元に迷いがなく、完璧だった。

「俺たちいつ引退しても大丈夫なんじゃないか」

錦生が言った。

「引退の前に茶室を守らないと。来年、同じ場所で茶会ができるように」

「そうだな」

柊の言葉に斗真も相槌を打ち、眠気を飛ばすように頬を両手で挟んで叩いた。

「斗真と戦略の見直しと効果について確認してたんだ。どのチャンネルが一番効いていたか。三問目に正解できなかったら、自分たちで集めないといけないからな」

錦生が何度目かのあくびをかみ殺して言った。

学園祭の効果は徐々に出てはいても、皆一万円枠だ。来ていたのが生徒や生徒の親族だ。部員の家族以上の思い入れはない。

「分析しても一番効果があったのは身近な人たちへの働きかけ、その次はやはりメディアの露出。今週の水曜日に最後の市の広報誌に出るけど、先月も出ているから効果はわからない」

斗真がパソコンに分析結果を表とグラフで表している。

「ビジネスレポートみたいだな」

「家業経営クラスって卒論みたいなのがあるんだ。取り組むのは来年なんだけど、錦生とこれをまとめようって言ってて。寄付は稼ぎじゃないけど、何というか」

「ビジネス戦略と変わらないってこと？」

「そうそう、最初に柊が見込みと戦略が必要だと言ったのはリアルだったと思って」

「じゃあ、ほんとに成功させて、説得力のある卒論にしないと」

柊が言った。

「そうだな。けど、俺たちにもうできることといったら、お茶を点てることしかなぁ」

錦生がそう言って伸びをし、情報科学室の窓を開けた。朝登ってきた、紅葉山神社が遠くに見えている。三人で窓のそばでその風景を眺めた。

「この時期の紅葉山、夜、ライトアップをしていて、急に観光客が……」

そこまで柊が言うと、斗真があっという顔をして柊を見た。

「宮司さんに相談してみようか」

「とがしんにも許可がいるだろうな。もしかしたら学校自体の許可が」

「なになに。何の話してるの？」

錦生がよくわからないという顔をした。

「放課後、ライトアップ目当ての観光客を目当てに野点をして、寄付の呼びかけができないかっていう」

「なるほど。その手があったか」

昨年、桜の時期に紅葉山神社で野点をさせてもらった。なので、恐らく野点は開催させてもらえるだろう。まず学外で行うのだから学校の許可からだ。早速明日の朝一番に聞いてみることになった。今にも眠りそうな二人と明日の早朝の待ち合わせを再度確認し、解散した。


夜明け前の学校は真っ暗だ。

さすがに来週十一月になるとあって、朝の空気はひんやりとする。

亜藍は具体的には何も言わず、もしかしたら、この場になくても再現できる観月の方法かもしれないから、先輩たちに見てもらって判断してもらいたいと言った。

校門の前には足踏みをした富樫がすでに立っている。

「おはようございます。朝早くからすみません」

「大丈夫だ。だが、さすがにちょっと冷えるな」

「はい」

時計は五時三十分だ。朝練に来ているスポーツ推薦クラスの生徒も登校し始めた。駅の方から一年の三人と斗真が見えた。その後ろから電車を一本あとに乗ってきた錦生が走ってくるのが見える。柊は富樫と一緒に先に紅葉楼まで歩いた。

「先生、本当はおとといから立ち入りは禁止なんですよね」

「ああ、ま、でも茶室のことは施工業者との打ち合わせすら始まってないと聞いているし、だいたいまだどこが買い取るかも決まってない。まずは隣のぼろプールの取り壊しからだ。それに、今朝は岸谷さんが一緒に入ってくれることになったから、大丈夫だろう」

「え？」

見ると竹の露地門の前に岸谷が立って会釈している。柊は走っていって礼をした。

「岸谷さん、すみません」

「いいえ。どうぞ、何か確認したいことがあるとかで。朝は冷えますよ。鍵を開けたら富樫先生にあとはお任せしますから」

岸谷はそう言うと、立ち入りを制限するためのパネルを横によけて門を開けた。

後ろから追いついた部員たちが口々におはようございますと挨拶し、門をくぐった。もうこの間が最後だと思っていただけに、皆、何となくうれしそうだ。

この紅葉楼の茶庭は東に向いている。亜藍は雨戸をすべて開けて、けれど、茶庭の方、つまり紅葉山が見える方の障子をすべて閉め、全員に障子の方を向いて座るように言った。

「今日の日の出予測は五時五十五分なんです。あと五分くらいです」

少しずつ障子の向こうが明るくなってきた。朝焼けのような光が障子に映る。木々の影ができる。その中に石灯籠の影も映り込み始めた。

そして数分後。石灯籠の火口の形、三日月が障子に映った。亜藍があれですと柊の隣で言った。日が昇るのは早い、その影は恐らく十分もしないうちに別の影の中に消えていった。その間、誰も何も言わなかった。ただ細長くなって崩れていく三日月の形を見つめていた。

「俺なんか、眠いのと、お稽古に夢中で気が付かなかった」

榊があくびをこらえて言っている横で史弥も頷いて言った。

「俺も……、でも、確かに月だった。朝の月」

「すごいぞ。一年！」

斗真が叫んだ。

「朝日が映し出す三日月の影。これが三つ目……」

柊は手元の葉書を見た。絵心があると思って見ていた三日月は単なる絵ではなかった。

さっきの火口の影を描いていた。

「でも、もしかしたら、別のところに建てたとしても同じように影が見られるかもしれないじゃないですか。これって本当にここにある意味になるでしょうか」

亜藍が言って柊と富樫の顔を交互に見た。

「富樫先生。どう思います？」

柊は富樫に聞いた。

「亜藍の言う通り、絶対に再現できないことはないと思う。だが、土地にはそれぞれ高低差もあるし、必ずしも同じ方向に家を建てられるわけでも、この灯籠を設置できるわけでもない。それこそ借景にこだわった場所に設置されれば、この月は見られない可能性もある。間違ったら解答権がなくなるわけではないだろう。今日の午後六時までが期限だから。送ってみろよ。

当たって砕けろだよ」

　砕けたくないですと亜藍が隣で言った。

　だが、皆の心はきっと決まっている。

「『ここにあるべき理由の最後は、灯籠の三日月の火口の影が早朝、障子に映り、早朝の観月が可能な場所だから』、これでいいかな？」

　錦生の言葉に皆が頷いた。

「よし、じゃ、送ってみる。朝早すぎるから、返事は来ないかもしれないけど」

　皆、錦生の手元をじっと見ている。ピンと携帯の音がした。メッセージが返ってきた。

「……正解……だ」

　錦生が画面を凝視して言った。

「ほんとに？」

　柊が横から覗いた。正解の文字を一緒に見つめる。

「じゃあ、一千万⁉　目標達成？」

「やったあああ」

　一年はやったと何回も叫んでいる。

「あ、ちょっと待って！」

　座敷ですでに富樫を含めて万歳三唱が始まっている中、錦生が皆に待ったをかけた。

「何かおかしい、寄付が増えたけど、百万円枠が五つだけ、つまり、五百万だけだ。えっと」

錦生が片手で目を覆っている。今にも倒れそうだ。

「錦生？」

「残念なメッセージがついてる。もうだめだ」

斗真が錦生から携帯を受け取って、画面を読み上げた。

「『せっかく全問正解であったのに大変申し訳ない。やむにやまれぬ事情により、資金が調達できず、寄付金額を五百万とさせていただきたい』って……」

全員の肩が落ちた。富樫でさえもしばらく動けずにいる。

柊は自分の携帯でも数値を確認し、今あるだけの気力を振り絞り、冷静を保ちつつ言った。

「現在、目標六千万円に対して、総額五千八百十万円の寄付の申込み。残りは百九十万。達成率は九十六パーセント。そして期日まで今日を入れてあと四日だ」

学園祭の茶会に来てくれた半分の人が寄付をしてくれた。それでさえもわずか五十万円の上乗せだ。万策尽きた今、百九十万円を四日で集めるなど、どう考えても現実的ではない。もうあきらめるしかないのだろうか。二年は軒並み正座した自分の膝を見つめている。

「あきらめたくありません！」

亜藍が柊の隣で言った。声に力は入っているが、目には涙が盛り上がっている。

「俺もあきらめたくありません。来年もここでお稽古したいです。学園祭で新しいメンバーとここで茶会をしたい」

「俺もです」

史弥の言葉に榊も賛同して言った。

柊たちは力尽きた顔を上げた。自分たちだけの問題ではない。柊は自分の頬を両手で叩いた。隣で錦生も斗真もぱしぱしと頬を叩いている。

「まだ四日もある」

柊は言った。完全な空元気だ。けれど、言葉に出して言霊として自分を勇気づけるほかない。

「そうだ、期日が終わったわけじゃない」

「今、あきらめたら終わりだから」

斗真と錦生が柊の空元気に付き合って相槌を打った。

柊は昨日出た、紅葉山観光客を相手に野点をして寄付を呼びかけるという話を富樫に話した。

「うーん。悪くはないが、紅葉山神社の観光客相手だとどうかな」

「外聞ということを言ってますか。先生」

「ネットニュースで一度、叩かれているからな」

「じゃあ、先生、地元の人に呼び掛けるのはどうでしょう。駅前でビラ配りするのはだめですか？　この土地の学校のことなら近くに住んでいる人が関心を持ってくれるかもしれません。今日から四日間だけでもいいんです」

榊が言った。その案は正解しなかった場合に一年から提案したいと思っていたと史弥が言い足した。一年は一年で自分たちができることを毎日のように考えてくれていたようだ。

「ビラ配りか……一回預からせてくれ。放課後、どちらの案についても可能かどうかを二年に連絡する。柊、授業後、情報科学室集合だ」

「わかりました」

富樫が戸締まりするように言い、解散となった。

「授業始まるまでに食べろ。みんな朝ごはんまだだろう」

そう言って、富樫がコンビニで買ってきたというおにぎりを一人一人の手の平に載せた。

それぞれに礼の言葉を述べながら、校舎に向かって歩き出した。

「まだ終わってないだろ！　背筋を伸ばせ！」

富樫の声が、背中から追いかけてきた。

六席目

万策尽きて

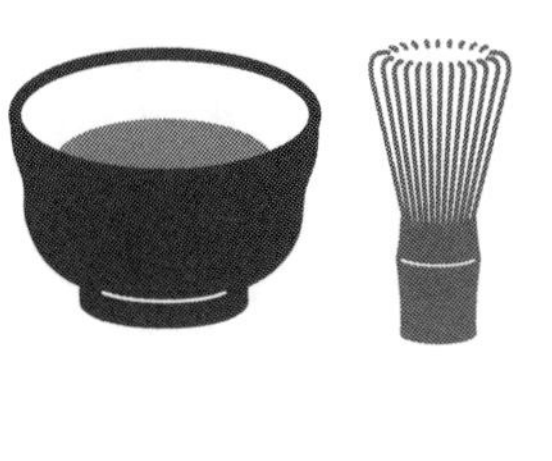

一

富樫からの報告は予想をしていたものだった。野点の茶会で寄付を呼び掛ける件は認められない。けれども、パネルを使った一定の人たちへの呼び掛けは紅葉山高校駅前のみであれば可能とする。ただし、時間は朝三十分と夕方三十分のみ。

「チラシは駅前にゴミを作る可能性があるから許可は出なかった」

「一つでも許可が出たなら、やってみます」

柊はそう言って、一年に伝達した。富樫は早朝に校長と理事長を捕まえて許可をもらってくれた。なので、早速、昼休み、生活科学室の教室を借りて全員で学園祭に使ったパネルを改造した。

まず持ちやすいように大きな段ボールを後ろに張り付けた。

内容も立体的な方がいいと、一年が段ボールを使って月を作って黄色く塗りポスターにつけている。それを見て二年が段ボールで茶室の形を作った。対向して一年が紅葉山を作ってくっつける。キーワードで検索してもらえるよう、大きく、「紅葉山高校」と「紅葉楼」の文字をポスターに入れ直した。

早速その日の夕方から通勤時間のピークを狙って駅に立って呼び掛けた。初日の夕方と翌日の朝は二年が立って呼び掛けた。様子を見るためだ。

十月二十九日水曜日の放課後、情報科学室に二年が集まった。本来ならばお稽古日だが、今月末までお休みにした。今日夕方の駅前のパネルの呼び掛けは一年が担当する。出かける前にパネルをバージョンアップするのだといって、生活科学室に集まっているはずだ。

「どう思う」

柊が聞いた。

「残念だけど、数字が物語っている」

斗真が言った。昨日から増えたのは三名、プラス三万円の寄付だ。これが倍になるとも思えない。あと残された時間は今日を入れて三日。

斗真が今日までの状況だと言ってレポートにしてプリントアウトしてきた。何か見落としている戦略はないか、柊はそのレポートを最初から見直した。

「くそ！」

錦生が机を両手で叩いた。

「悔しい……。どこで間違ったんだ……」

「錦生……、誰も間違ってなんかいない。精いっぱいやってきただけだ」

斗真が言った。

「じゃあ、こんなに頑張ってるのに。どうしてどうにもできないんだよ！」

確かにレポートだけを見れば、これ以上どう努力できただろうというぐらいよく頑張っている。だが、数字が揃わなければそれも意味がなくなる。何か他にできることはないのか。あるとしたら、ヒントはきっとこの中にある。柊は数字の伸びの傾向と対策をもう一度確認した。

「こんなもん！」

柊の手からレポートを奪い取った錦生が、今にも破り捨てようとしている。

「よせ！　錦生！」

柊はレポートを錦生の手から奪い返した。家業経営クラスの卒論ネタだという以上の価値がそれにあるような気がする。人を説得できるだけの内容だ。柊はなぜ気になっていたのか思い出した。

「柊？」

「まだ、手がある」

柊はパソコンの前に座った。

ファンディングのプラットフォームを運営している会社が出していたコンペというバナーを思い出したのだ。パソコンの前に座ってファンディングのページを開いた。

右側にバナーがいくつか並んでいる。そのうちの一つを開けた。バナーの名前は『学生ファンド限定、あと少しを応援コンペ』。

「これに出そう」

「これって」

「条件が厳しいと思って読み過ごしていた。学生だとやれることが限られるから未達成になるファンドの割合が多いんだろう。このファンドの運営会社が月に一回、達成できそうであと少しのファンドに出資してくれる。条件は、学生が立ち上げていること」

「達成率が九十パーセントを超えていること。出資の上限が二百万円。今なら条件がクリアされている」

斗真がページを読んで言った。

「……これに選ばれればファンドの金額をクリアできる？　ってこと？」

「ただし、時間はもうほとんどない」

「締切は二十九日二十四時までに提出されたものが月末日の午後四時に決定され、出資される。二十九日って、今日？」

全員が時計を見た。時計は午後五時。あと七時間だ。

「提出って何を？」

半べそかいていた錦生が聞いた。

「まさにこれだ。ファンドを集めるための戦略と成果についての詳しいレポート」

柊が取り返したレポートを机の上に置いた。

「斗真、元データ持ってるか」

斗真が鞄からUSBを取り出し、早速パソコンの画面に呼び出した。

「これを外部提出用に体裁を整えよう」

「俺も手伝う……何すればいい？」

錦生が聞いた。

「レポートの枚数はA４で六枚以内。だが、付帯資料の制限はない。とった対策ごとに時系列で写真を並べよう。錦生は写真を整理して」

「わかった」

「斗真の作ってくれた折れ線グラフ、毎日の振り返りミーティングでとった対策と効果をよりわかりやすくしよう」

「じゃあ、もう少し見栄えを良くする。付帯資料につく写真と対比番号を付けた方がいいな」

「そうだな。あと五百万寄付してくれた人の出題に対応して勝ち取ったことも文章にしよう」

「そこは柊が書いてくれた方が」

「わかった」

「ニュースで叩かれた時に対応した策についてもレポートに加えてみたら。前向きじゃないにしても、困難を乗り越える手段だったと思う」

「錦生、それ、いい！　斗真、まとめてくれるか」

「わかった。実際に記事にしてくれたソーシャルメディアのコピーも付帯資料につけよう」

それぞれが資料に向かい始めた。


三人はもくもくと作業を続けた。あっという間に日が暮れて、七時を回った。そろそろ、一年がポスターを持って帰ってくる頃だと思っていた時、ガラリと扉が開いた。顔を上げた斗真が異変に気付いて駆け寄った。

「史弥！」

史弥が額をハンカチで押さえている、頬に血がついている。

「撤収してたら、どこからか石が飛んできて」

亜藍が言った。榊が走っていく人影を追いかけようとしたらしいが、史弥が止めたと言う。

「これ以上騒ぎを起こしたら、ファンディングを中止しろと言われるかもしれません。だから。大丈夫です。こんなのかすり傷です」

「けど、これは犯罪だぞ。史弥だけか、榊、亜藍、怪我は」

錦生が叫んだ。

「僕たちは大丈夫です」

そういう榊に錦生が制服着てたかと聞いている。榊は制服じゃなくジャージを着ていたように見えたという。

「スポーツ推薦クラスの生徒か……。一年を狙うなんて卑怯だ。なんて奴らだ」

柊も斗真と一緒に史弥がハンカチで押さえている額を見た。史弥の額の傷はこぶができていて切れている。血は止まっているが傷口が眉のすぐ上で目に近い。視力に影響が出ないとも限らない。骨も調べた方がいい。

「斗真、史弥を先生と一緒に病院に連れて行ってくれ。今、富樫先生に連絡する。それから、明日からの駅での呼び掛けは中止する」

柊が言った。

「部長！　嫌だ。続けさせてください」

史弥が言った。

「だめだ。俺が中止と言わなくても先生が、学校が許可しないだろう」

「家にも電話する」

斗真が携帯を取り出した。

「兄貴！　母さんには詳しく言わないでくれ」

史弥が斗真の手をつかんでいる。

「わかった、離せ。こけて電柱で打ったくらいで言っとく。とにかく病院に行こう。目に近いから心配だ。柊、悪い。ここ頼む。資料、中途半端で」

「何の資料ですか」

亜藍が広げていたレポートを見ている。

二年が方々に電話している間に、亜藍はパソコンに映し出されているクラウドファンディングのバナーを読んでいる。何をしているのか理解したようだ。

「斗真先輩の代わりに僕たちが手伝います。部長」

亜藍と榊が言った。

「なら俺も！　病院なんか行かない」

史弥が亜藍たちに合流しようと資料を手につかんだ。

「史弥！　行かないなら母さんじゃなくて父さんに電話するからな」

史弥の動きが止まり、手から資料がバサバサと落ちた。どうやら水瀬家で本当に怖いのは親父さんらしい。硬直している史弥を見て柊と錦生が笑いをこらえられないでいると、斗真が破顔した。

「それにしてもお前、よく、自分が走っていって相手をぼこぼこにしなかったな。小学校のころは誰がいじめられててもすぐ殴りかかってたのに」

「兄貴恥ずかしいこと言うなよ。暴力は何も生まないんだよ。やり返して相手に怪我でもさせたら、それこそ、今までの努力が水の泡だ」

「成長したな……」

「兄貴が目の前で成長してるのに、自分だって成長しないわけにいかないだろ」

斗真が史弥を生意気な奴と言いながら、頭を小突く真似をした。史弥が怪我人に何するんだと抵抗している。

柊は特に何か聞いたわけではなかったが、この短い間に水瀬家の中の空気も変わったのかもしれないと感じた。

廊下を急いで歩く音が聞こえた。富樫のスリッパだ。

「誰が怪我したって?!」

青い顔をした富樫が教室に転がり込んできた。

二

柊は史弥の病院に付き添う富樫にコンペへのエントリーのことを相談した。学校に夜十二時まで残りたいと。

交渉してくるといって職員室にいったん戻っていった富樫が帰ってきた時には但馬校長が一緒だった。誰かがいなくては残れない。校長は他には黙っててくれよと言いながら、うつらうつらしつつ一緒に教室にいてくれた。一年の亜藍と榊にはこのファンディングで学んだことを文章にしてまとめてもらって、先に帰した。最後まで残って資料を修正した柊と錦生は、十二時少し前に無事コンペにエントリーした。

学校を出る前、斗真からの連絡に気が付いた。史弥の傷は骨にも目にも異常がなさそうだということ、けれど、やはり、両親にはファンディング関係で何かあったとばれているようだということ、また、資料を手伝いに戻りたいが、自分が出たら史弥がついてきそうだから、皆に託したい、申し訳ないと書いてあった。柊は、史弥の怪我がたいしたことがなくて本当に良かった、エントリーも時間内にできたと連絡しておいた。

校長が送ろうかと言ってくれたが、錦生があらかじめ家に電話をしており、終わる頃に車で長女の菫に迎えに来てもらうことになっていた。

菫の車の中で、柊は校長との別れ際の会話を思い出していた。校長は言った。このファンディングの結末がどうなろうと、私は君たちのことを一生忘れないだろうと。帰って仏壇にでも久しぶりに祈ろうと思うよと。

「柊君、寝ててもいいわよ。疲れてるでしょう」

菫が助手席の柊に言った。後部座席からは錦生の寝息がいびき交じりに規則正しく聞こえてきている。

「いえ、大丈夫です」

「クラウドファンディング、頑張ってるわね。私もうまくいくように祈ってるわね」

「ありがとうございます」

「柊君。うちは衣裳部屋になっちゃってるけど、お茶室あるのよ。良かったらお茶会しに来てね。みんな大歓迎だから」

「菫さん……」

「小さい時のことを気にしてる？　あれはどう考えても錦生が無理を言ったんでしょう」

五歳の時、いるはずのない母、桜花の姿を求めて空港に行き、錦生が熱で病院に運ばれた話のことだと思った。あの時までは頻繁に行き来していたものの、そのあと、柊が木更津家の家に行くことはなくなった。着物や袴は祖母がいつの間にか木更津呉服店で柊のためにあつらえてくれていたというのに。

「みんなわかってるのよ。だから、気にしないで。それより、この感情で突っ走るうちの弟とずっと友達でいてくれると助かるわ。柊君みたいな冷静で聡明な友達はきっとこの子にとってかけがえがないから」

いつか言いたいと思っていたことだと菫が言った。

「かけがえのない存在だと思っているのは僕の方です。助けられているのは僕の方ですから……」

「信じがたいけれど、そう思ってくれてるならなおさらね」

「是非、今度お茶会させてください」

「楽しみにしてるわね」

「……お、柊、菫ねぇの婚約祝いの茶会しよう」

後ろから声が聞こえた。錦生が起きたらしい。

「錦生！」

「え？　菫さん、ご婚約されたんですか」

「柊、そうなんだ。お見合いした人と。決め手が何だか聞いて驚くぞ」

「何なんですか？」

「二回目に会った時に俺たちのファンドの話をしたら、寄付してくれていたらしい。親族レベルの寄付額で。たまたま俺が名前で見つけたんだけどさ。その気持ちがうれしかったんだってさ。単純だよな」

錦生は相手が気に入らないのか、声に棘がある。

「もちろんそれだけじゃないけど。でも、家族と同じ目線に立ってくれる人って大事だなって思って」

「おめでとうございます」

「ありがとう。ファンディング、最後まであきらめないでね」

「はい」

菫に晴彦のいるマンションの方で降ろしてもらった。遅くなると言って連絡しておいたからか、晴彦が寝ずに待っていた。

「腹が減っただろう。冷凍の肉まんを解凍したから一緒に食べよう」

晴彦がそう言いながらキッチンでお茶を淹れた。

柊の頭の中はまだ資料を振り返っていた。資料を作って提出したまではいいが、果たしてあれがコンペに受かるのかどうかわからない。同じような学生ファンドが同じように資金を追加してほしくてコンペに参加しているはずだ。もっとクリティカルな問題を解決したくてファンドを立ち上げている学生もたくさんいる。調べただけでも、自分が寄付したくなる学生の活動は限りなくある。伝統文化の無形文化財保護の訓練費、学校での保護動物の手術費、災害で被害にあった学校の講堂修復費など。

自分がコンペの審査員だとしたら、より社会貢献度の高いファンドを応援するだろう。けれど、資料は精いっぱいのものだった。この学校に茶室を残すためにこの短い期間で行ったことを一生懸命伝える資料だった。

何より自分たちが手に入れたものはもっと違う大きなものだ。

一年がまとめていた、このファンディングで学んだことは、全員の気持ちを代弁していた。

亜藍と榊が手書きで渡してくれたちょっと涙ににじんだその文章は、妙な脱力感に浸った柊の頭の中でずっと繰り返されている。

晴彦が桧山の実家が売れそうだが、同時に買いたいという人が二人現れて、一方の人が値切るどころかさらに数百万を上乗せして是非買い取りたいと言ってきたらしく、その人に決まったと言っている。

「いや、ま、高く売れるに越したことはないけど。ちょっとびっくりしたよ。その話」

「そうなんだ」

柊はコンペのことを頭から追い出せず、気のない返事をした。

目の前に置かれた温かい肉まんをかじると不意に涙がこぼれ出た。

「柊……？」

「ごめん……母さんが残してくれたお金まで寄付してくれたのに、だめかもしれない……」

柊はだめかもしれないと何度も言いながら、肉まんをかじり、鼻水をすすっていた。部員の前で出し続けた空元気はもう本当の意味でどこにも残っておらず、鼻水と涙しか出てこない。

晴彦も一緒に鼻水をすすりながら言った。

「お前はよくやったよ。俺はお前が息子で誇りに思うよ。お祖母ちゃんだって、お母さんだって、そう思ってるよ」

だから、今日は食べたら何も考えずに寝ろと言った。柊は晴彦の言うことに珍しく素直に頷いて、寝支度をしてベッドに横たわった。泣いたことで頭が緩んだのかすぐに眠気が来た。寝入りばなに物心ついて初めて自分で桜花のことを母さんと呼んだことに気が付いた。

その日、柊は五歳のあの日以来初めて真夜中に目が覚めることはなかった。

翌日、朝起きると、携帯に亜藍から連絡が入っていた。

『先輩、寄付してくださった方向けにビデオレターを作りませんか。榊と昨日、このファンドで学んだことを書いてみて、僕たちはまず、これまで寄付してくださった方に感謝したいと思ったんです』

一年は一年で、あのあと、きっと柊と同じようにコンペの資料を作ったことが頭から離れなかったに違いない。

柊は、登校前だろうと、亜藍に電話した。亜藍はすぐに電話に出た。待っててくれていたみたいだ。

「ビデオレター作ろう。けど、亜藍、泣くなよ」

『泣きませんよ。先輩たちこそ、泣かないでくださいよ』

「じゃあさ、提案がある、昨日、書いてくれただろ。このファンディングで学んだこと。それを一年から伝えるビデオレターにしてほしい」

『いいんですか？　先輩たちからも何か』

「いいんだ。二年に異論はないよ。きっと」

昨日は文章を読んだ錦生が大泣きした。それで一気に緊張の糸が切れてしまったようにぐずぐずになり、資料作りには使いものにならなくなったぐらいだ。

昼休み、全員で紅葉楼の前に集まった。幸い、いい天気で、背景の紅葉楼の紅葉も鮮やかに入る。

何度撮り直したことだろう。

何度やっても、途中で誰かが泣き出してしまう。漸く、赤い目で泣かずに言えたと思ったら、スマホを握っている錦生の嗚咽が入って、画面が揺れてしまい、余計な撮り直しも発生した。結局七回目で撮り終え、ファンディングのページにアップロードした。

わずか一分足らずのその動画は寄付をお願いするコメントが入っているわけでも、紅葉楼がいかに素晴らしいかを語っているわけでもない。本当にシンプルな感謝のビデオレターになった。

一年はその思いを語るのに一番活舌《かつぜつ》のいい亜藍に任せ、あとの二人は横に立った。亜藍は動画の中でカメラに向かってよどみなく語っている。さすが七回目だ。

『まず、このクラウドファンディングに興味を持っていただきありがとうございます。また、ご寄付いただいた皆様本当にありがとうございました。紅葉楼でのお稽古は学園祭を以て終了し、私たちは、来月から紅葉山神社でお稽古をスタートさせます。紅葉山を借景に持つこの紅葉楼が紅葉山高校に残ることは私たちの願いです。けれど、私たちはその資金集めにクラウドファンディングを立ち上げたことで、皆様から寄付だけでなく、より大事なものをいただきました……。人と人との絆がいかに尊いかという学びです……。

紅葉山高校茶道部は茶のお稽古を通して人を敬うこと、時間や空間、ありとあらゆることを大事にすることを学んできました。ですが、お茶室を出て活動することで本当の意味での人が人を思う気持ちを学んだと思います。

紅葉楼がどこで存在することになっても、皆様が大事な誰かと一緒に、または大事な誰かのことを思って紅葉楼で一服を召し上がられる日のあることを祈っています。

この動画を見ていただきありがとうございました。紅葉山高校茶道部一年一同』

動画の中で一年の皆が深々と一礼をし、動画は終わっている。

その日上げたビデオレターは、過去最高の視聴回数となった。

三

十月三十一日金曜日、クラウドファンディング最終日の午後三時半、柊、錦生、斗真は紅葉山高校、情報科学室に来ていた。コンペの結果が午後四時に発表される。

だが、驚くべきことに昨日の夜からそのファンディングは確実にまた伸びを見せていた。一万円と十万円の寄付が増えている。

「あと三万円だ……」

パソコンの前で錦生が嘘だろと言っている。

数字は五千九百九十七万円。達成率九十九パーセント。

斗真が手早くここ一日で寄付してくれた人のアカウントの分析をした。

「昨日から約百五十人の人たちが寄付してくれたことになる。ほとんどが一度寄付してくれた人たちの二度目の寄付だ。アカウントの重なりが確認できる」

「感謝のビデオレターが効いたんだな」

「そうだと思う」

柊の言葉に錦生が同意した。確かに、美麗もビデオを観て関係者の追加寄付を禁止したことを伝えてなかったら、追加の寄付をしただろうと言っていた。錦生の姉たちも同じことを言ったらしい。無欲に伝えたことが人の心を打った。

「これ全部、一年の功績だな」

ファンディングの最終締め切りは今日の十八時。午後六時だ。

「先輩……」

情報科学室の扉が開いて、亜藍、榊、史弥が顔を出した。

「心配で」

亜藍が言った。

「家になんか帰ってられないっす」

額に小さい絆創膏を貼った史弥が言った。

「お茶菓子持ってきましたよ。先輩。父がさっき届けてくれたんです。これが祝盃のお菓子になってくれればいいんですけど」

榊が皆の前に満月をかたどった茶菓子を広げた。榊は学園祭のあと、これが柏木堂の定番になったのだと言っていた。御銘は当日と同じ『十五夜』になったらしい。学園祭でお茶を飲んだ人や、ファンディングの画像や映像を見た人から問い合わせが続いていて、通販の話も出ているという。一つでもこのファンディングで成果の出た家業があるならそれはそれで喜ばしい。

「発表はWEB上なんですよね」

史弥がパソコンを覗いて言った。

「そう、事前に連絡があるとは書いていなかった」

錦生が時計を見ながら言った。

あと三分だ。

「取れるでしょうか」

亜藍が誰にともなく聞いた。斗真は口を開いたがそのまま閉じてしまった。絶対取れるとは誰にも言えない。

「わからない。自分が審査員だったらと何度も考えてみたけれど、審査基準が寄付集めのための努力だったとしたら取れると思う。俺たちは十分頑張った。だが、審査基準が社会貢献度だったら、難しいと思う」

柊は冷静にそう言った。

皆、どこかで同じことを思っていても言葉にしてしまう勇気がなかったというように、ため息が方々から聞こえた。コンペに選ばれれば二百万円まで足りない分をファンディング運営会社が出資してくれる。三万円の出資を受けられ達成が確実となる。

午後四時になってパソコンを錦生が何度かリフレッシュしたが、結果が表れない。

「おかしいなぁ」

何度目かのリフレッシュでコメントが浮き出てきた。『コンペに参加してくださった学生の皆様へ　選考に時間がかかっております。今しばらくお待ちください』

「何だ、これ?!」

錦生が叫んだ。

「心臓に悪すぎる……」

斗真が胸を押さえて言った。

それから何度リフレッシュしても画面が変わることはない。そうこうするうちに午後五時を過ぎた。柊たちのファンディングは未だにあと三万円のままで動いていない。

「どうなった？」

部屋に富樫が入ってきた。

「先生まで」

「気になって仕事がはかどらなくってな」

「俺たちには何もできませんけど」

錦生が富樫に嫌味を言った。

「校長と理事長の判断だ。文句言うな」

「コンペの選考が難航しているらしくて」

柊が状況をかいつまんで話し、そんなことがあるのかと富樫が言っている。

「初めての経験なんで、誰にもわかりませんよ」

斗真が生徒に聞いてくれるなと顧問に答えている。

このまま午後六時になってしまって終わってしまうのだろうか。あと六時まで三十分を切った。

「出た！」

錦生が叫んだ。そのまま声に出して読む。

「コンペ優勝者は『関東獣医大学の保護動物の医療費支援』……」

そのあとは本日締め切りの不足分約百万円が支給されると書かれている。

「俺たちじゃない……」

立っていた全員が床に座り込んだ。

「しょげるな、まだ六時まで十五分近くある」

富樫の励ましの言葉に誰も相槌が打てない。そのうち六時前から鳴る下校を促す音楽が流れ始めた。これが終われば六時だ。この音楽がこれほど終わってほしくないと思ったことはない。

鼻をすする音や、押し殺した嗚咽が机の下から漏れ聞こえる。

「先輩！　これ、続きがあります」

自分の携帯で見ていた亜藍が突然立ち上がって、パソコンの画面をスクロールして、その画面を読んだ。

「中・高校生特別コンペ奨励賞。上限三万円枠獲得は紅葉山高校茶道部、これ、僕たちのことですよね……」

「へぇ？」

錦生の変な声がした。

「中・高校生特別コンペ奨励賞？」

「何それ？」

「でも、三万円って……」

一年が口々に言っている中、目の前のパソコンからピンと音がして、ファンファーレが鳴り始めた。同時に下校の音楽が鳴りやんだ。

「達成した……」

斗真の声が後ろから響いた。

「嘘！」

皆口々に言いながら、全員が自分の携帯で確認している。

画面は寄付総額六千万円。目標の百パーセントとなっている。

そのとたん、誰かの電話の呼び出し音が大きくなった。

「うわぁ」

どうやら富樫の電話のようだ。胸ポケットから電話を取っている。

「はい。富樫は私です」

全員が固唾をのんで見ている。丁寧な対応からみて知らない人からのようだ。

「はい、紅葉山高校茶道部、顧問です。クラウドファンディングの緊急連絡先で間違いありません」

責任者ということで、緊急連絡先は富樫の電話番号を登録している。しばらくじっと電話の内容を聞いていた富樫が言った。

「ありがとうございます。すみません。今茶道部の面々がこの場にいるので、その先はこの電話をスピーカーフォンにして聞きたいのですがいいでしょうか……ありがとうございます」

富樫が、自分の電話をスピーカーフォンにセットして、机の上に置いた。皆自然とその周りに集まって陣取った。

『あらためて私エースファンディングの代表、天根《あまね》と申します。このたびは結果をお送りするのが遅くなり申し訳ありません』

代表という割には若い声に聞こえる。慎重な斗真が素早く天根は確かに自分たちにプラットフォームを提供している会社の代表で間違いなさそうだとSNSに送ってきた。

『今回の選考が遅れたわけと御校に特別奨励賞をお贈りするに至る経緯をお話ししたくて電話しております』

天根は内部で意見が大きく二つに分かれたのだと言った。選考基準はやはり社会貢献度の高さに重点を置かれており、会社の営業、人事、広報や法務の代表も今回選出された獣医大学の保護医療費支援が最もふさわしいという結論に至った。ただ、このファンディングのプラットフォームを立ち上げた自らを含む経営陣三名が、紅葉山高校茶道部の取り組みとそのレポートに強く感銘を受けたのだと言った。自分たちにもそれぞれに資金が集まらずにやりたかったことをあきらめなければならなかった経験があり、この会社を作ったきっかけは良い社会の成り立ちの助けになるように、意義ある取り組みに資金が集まる仕組みを作りたかったからだと説明してくれた。確かにプラットフォームの趣旨にそのようなことが書いてあった。

「達成したいことの価値なんて、社会貢献度という尺度で計ってしまえば、命に代えられるものはないでしょう。ですが、強い思いがなければ、何も守れないという意味では、このレポートがどんなレポートよりも思い入れが強かった。一度ニュースになって騒がれた時にとった御校の行動も早かった。あれを仕切って動かしたのが、学校側ではなく、高校生であるあなたたちであったことも評価が高かった理由の一つです。私たちのプラットフォームの価値も同時に上げてくれましたから。あらためてありがとうございます」

「あ、いえ、こちらこそありがとうございました。おかげで達成できました。理事会は一円でも達成できなければ茶室売却の方針でしたので」

富樫が言った。

「あの、僕からも聞いてもいいでしょうか。茶道部部長桧山柊と申します」

「どうぞ」

「つまり、本来、御社のコンペの審査の結果では、私たちへの支援はゼロ円だったということでしょうか」

「そうなります。各部門の意思決定者の合意をもらって特別奨励賞を作りましたが、実質は私を含む三名の経営陣の私費で出資しました。公平を期すために、中・高校生特別と付けさせてもらいましたが、毎回出るわけではありません」

そう言って天根氏は、引き続き頑張ってくださいと言って電話を切った。よく読むと、注釈が付いており、確かに、中・高校生特別コンペ奨励賞は選出されない月もありますと書いてある。

「理事長室に行ってくる」

「理事長室って、今日、理事会があったんですか」

ふらふらと戸口に行く富樫に錦生が聞いた。

「ないよ。校長も、理事長も、昼から理事長室でずっとパソコンの前だ。ちらほら理事も集まってきていた。たぶん、今頃全員集合してるだろうよ」

「先生、ありがとうございました」

柊が立ち上がって頭を下げた。部員が全員立ち上がって富樫に頭を下げている。

「ありがとうって言いたいのは俺の方だよ。俺も、もう、泣いていいかな……。じゃあ、気を付けて帰れよ。これからのことをまた相談してくるから」

富樫の後ろ姿に全員がもう一度礼をした。

「先輩、家に連絡してもいいですか？」

榊が聞いた。

「もちろん。みんな応援してくれた大事な人に連絡してください」

柊が言ったとたん、電話やらメールやらがしばらく続いた。

「柊、三年の先輩にも連絡しよう」

「斗真、俺もそう思ってた。菊也先輩と一紫先輩、それと何といっても学校主事の岸谷さん」

「あ、俺、一紫先輩に連絡したい！」

錦生が言った。

「じゃあ、菊也先輩には俺から電話する。斗真、岸谷さんには本当にいろいろ世話になったから、来週、三人でお礼を伝えにいこう」

「わかった。柊、本当は家に帰って家族に伝えたいんじゃないか？」

「え？」

斗真と錦生が柊の顔を見た。

二人の笑顔を見て、一千万円の寄付者が誰なのかばれているのだと知った。晴彦の寄付のアカウントはCherry.H。桜花の旧姓の名前を使ったと言っていたが、住所は桧山のマンションだった。

二人の赤くなった目を見て、自分も喉の奥からこみ上げてくるものがあり、下を向いた。

同期二人の手が交互に柊の肩や背中をそっと支えた。

柊はそのぬくもりを感じながら、流れ出る涙とともに今まで感じたことのないほどの安堵感をかみしめた。

　茶室は残る。

　紅葉山の借景とともに、あの茶庭も池も残る。

　何十年もの間あの場で茶を飲んだ人たちの思い出も。

　一度は何事も変わらないものなどない、なくならないものなどないのだとあきらめた。自分で自分を納得させようとした。つい二か月前だというのに、あの頃のことが遠い昔のようだ。

　何度もあきらめかけながらも仲間からの支えをもらい、自分を信じてあきらめなかったことに、今、自分が一番驚いている。

　そして、自分たちは来年もあの茶室で学園祭ができる。

　未来につながる空間がまだあそこに存在し続ける。

　それがうれしかった。

「さ、戸締りして、解散にしよう」

　斗真が言った。

「先輩！　祝盃のお饅頭食べてからにしましょう」

　亜藍、史弥、榊がすでに手に十五夜を持って、笑っている。本当に達成したんだ。嘘みたいだという声を口々に、満月の形のお茶菓子が皆の口に消えていった。

四

翌日の週末から本格的に桧山家の片付けを始めた。いらないものは捨てたり、業者に引き取ってもらったりと忙しかった。

残しておきたいものが多い茶室は早めに始めた。あまり開けたことのなかった茶室横の納戸を柊は父と二人で片付けた。

ほとんどは祖母の物だったが、柊は女性には手の届かない一番上の棚に紙袋に入った真新しい箱に入った帛紗を見つけた。

紫の男性用の帛紗だ。開けてみると、一筆箋が二つに折りたたんで入っていた。

祖母が買っておいてくれたのかと思って、一筆箋を広げた。

——大人になった柊へ——

祖母の字ではなかった。

もしかしてこの字は、いや、そんなことはないと思いながらも、胸を射抜かれた気分になる。

予想は当たった。

桜花さんの字だと父がそばに来て言った。

出ていってから誕生日さえも何も送ってこなかった母が残したのは、お稽古用の帛紗だった。

息子はお茶とは関係ない人生を送っていたかもしれないというのに。

柊がこれを見つけたことを知った、天国の桜花のいたずらっぽい微笑みを想像できた。そういえばこういったことをする人だったかもしれない。

じわじわと実感がわいて喉が締めつけられた。だが、そんな気分は後ろの号泣する声でかき消された。また、父が泣いている。

「何で先に泣くかな……」

呆れながらも柊は父の背中に手を当てた。

息子にすがって遠慮なくぼろぼろと涙を流している父を見ながら、柊は心で言った。

ありがとう、お母さん。大事に使うよ、と。

エピローグ

十一月の第二日曜日。

柊と晴彦は朝から空になった桧山家の掃除に精を出していた。

この一週間で家の中の物を全部片付けた。清掃はプロにも入ってもらう予定をしているが、主に引っ越し後の忘れ物がないかの点検が目的の掃除だ。全体に掃除機をかけ、拭き掃除をしながら落とし物がないか確認した。予期せぬところに五円玉が落ちていたり、もうどんな色かも思い出せない服のボタンが落ちていたりする。

十一月にしては暖かい日だ。朝早くから始めた掃除は庭の落ち葉清掃を最後に十二時前には終わった。買ってきたお弁当を縁側で二人でゆっくり食べた。

ファンドを達成したあの日、この桧山家に来ると晴彦が待っていてくれていた。二人で抱き合って喜び、お線香をあげて長い間仏壇の前に座っていた。

マンションに帰ったら、美麗がお祝いだといってごちそうをたくさん作って待っていてくれていた。どれもこれもおいしかった。時間のかかるものばかりで驚いたが、美麗が達成しなくても頑張った会にするつもりで用意していたと言った。久々にゆっくり食べた気がした。

食後に菊也に電話をした。達成したことはもう知っていて、電話に出て一番におめでとうと言われた。それから本当に良かったと何度も言って喜んでくれた。

柊は特別奨励賞で最後に勝ち取った三万円は、ニュースでトラブった時の対応で、クラウドファンディングのプラットフォームの付加価値を上げたことによるものだと、連絡をもらったと話した。トラブルを覆せたのは菊也がスポーツ推薦クラスの卒業生に連絡してくれたからだ。

「菊也先輩のおかげです。これが達成できたのは先輩たちがいたからです」

柊の言葉に菊也はしっかりした声で返してくれた。

『力になれてうれしいよ。でも、もともとは柊がちゃんと協力を求めてくれたからだ。柊、変わったな』

「一紫先輩にも言われました」

『そうか、一年も頑張った。最後の感謝のビデオレターには本当に感動した。あれ、何回撮り直したんだ?』

「七回です」

『意外に少なかったな』

菊也は笑いながら言った。笑い声が軽やかだった。

『柊、ありがとう、また、あの茶室に座れると思うだけで、今は頑張れるよ。三年に卒業茶会してくれるんだろう?　一紫が言ってた』

「はい。その予定です」

菊也は楽しみにしていると言い、最後に大事な場所を守ってくれてありがとうと言った。

一年が言っていた人と人との絆を本当に深く感じた一週間だった。

残念だったのは学校主事の岸谷が退職していたことだ。ファンド終了の三日前が六十五歳の誕生日で、そのまま引退したと聞いた。

弘樹に連絡先を聞いておくからと斗真と錦生に伝えた。皆で礼を言いたいのは変わらない。

建築士の岸谷弘樹は来週、生活科学室の改造のためにもう一度学校に来る。学校側で行ったコンペで最終的に弘樹の事務所が請け負うことになったのだと聞いた。紅葉楼はファンディングに寄付してくれた人への貸し出しも含め、これから一般の人への貸与も前提に運営をしていく。学内にもう一つ茶室を造っておく話は継続だ。

二年の家業経営クラスの二人にも変化があった。

来年の卒論レポートにするのだと言っていたファンドの件をテーマにするのはやめて、それぞれに新しいテーマを見つけたと言った。

錦生は呉服屋の御曹司らしく、紅葉山紬について調べ、願わくは伝統文化としての活性化について考えたいと言っていた。

斗真は、茶道部と掛け持ちで園芸部に籍を置きたいと言った。

母親のビジネスに積極的に関わるのかどうかを考えるには、植物についてもっと知るべきなのだと思い当たったのだという。その気持ちを母親にも伝えたのだと言った。自分がどんなふうに花と関わっていくのかを自分なりに考えて、卒論のテーマも探すつもりらしい。

そのことを話してくれた時の斗真の言った言葉はとても印象深かった。

「今回、結局、僕たちには何もできなくて、たくさんの人の好意で茶室が残っただけだ。今度は自分自身が植物と関わって人の役に立つことを見つけたい。将来、自分が人を助けられる人になりたい」

柊の中にもふつふつと芽生える同じような気持ちがある。きっとそれが明確になれば、自分の進むべき道も見えてくる。

弁当を食べ終えて、柊は空になった弁当の容器を重ねて袋に入れた。家から持ってきたポットのお茶を飲んでいると晴彦が言った。

「柊、これからここを買われた方が家を見に来られる。悪いが茶室と庭周りを案内してくれるか」

「え？　俺？　父さんは？」

「茶室のことはお前の方が詳しいし、それに、お前の知ってる人だから」

「知ってる人？」

柊が言ったとほぼ同時に玄関で呼び鈴が鳴った。柊は晴彦と門まで迎えに行った。そこに立っていたのは岸谷親子だ。

「岸谷さん……弘樹さん？」

「こんにちは。部長さん」

岸谷が背広を着て頭をなでて挨拶している。

「柊君。ご無沙汰。って来週学校で会うけどね」

弘樹が照れくさそうな顔をして言った。

買い取った人がまさか学校主事の岸谷とは思わなかった。祖母の桔梗と行き来があったのだろうか。聞いていない。

「お待ちしておりました。どうぞ」

「まずは庭から拝見しましょう」

岸谷はそう言って、露地門を指さした。

入れ違いに晴彦は私はこれで、息子に案内させますからと言って、家の門から出ていった。

柊はよろしくお願いしますと言って露地門を開け、招き入れる。岸谷は家に何度も来たことのあるような足取りだ。露地門をくぐりながら弘樹は傷みがないかも確認している。

先に進んだ岸谷が茶室に面した茶庭の木を一本ずつ懐かしい人に会うように見ている。桔梗が残した椿や蠟梅、紅葉や、夏草が数種類だ。そのあと、親子で飛石や敷石、蹲、手水鉢を順番に確認した。

園芸用語なのだろう、二人で何か言葉を交わしながら確認を終えると、岸谷は柊に微笑んだ。

「昔はこの庭も手入れさせてもらっていたんですよ。私が園芸の仕事をしていた時にね」

岸谷は特に傷んでいる木もない、よく手入れされていると言い添えて、縁側に腰を下ろした。弘樹も一緒に座り、柊もその横に座った。

「君はまだよちよち歩きの赤ん坊だったな。君のお母さんも覚えているよ」

「知りませんでした」

「紅葉楼の和倉さんの息子さんからも、君のおばあさんの桔梗さんからも、茶室が売り出されるようなら買い取ってほしいと言われていてね。正直、二つ同時では無理だとあきらめていたんだ」

「紅葉楼とこの家の茶室ということですか」

「そう、そうしたら、柊君たちがクラウドファンディングなるものを立ち上げてくれただろう？　それで、何とかなった。ここを買うのも、弘樹が協力してくれたし」

弘樹が頷いている。

「では、紅葉楼が売り出されたとしたら、岸谷さんが買い取られていたんですね」

「そのつもりだった。あの観月のための屋敷をどこに移せばいいかを知っている人は少ないだろうと思ったからね」

観月のための茶室と岸谷は言った。

断片的に思っていたことが柊の頭の中で一つ一つつながり始めた。あの問題を出した出題者。

自分たちよりもずっと長く紅葉楼を知っていた人。

誰よりもあの茶室のことを詳しく知っていた人。

そして学校に残したいと自分たちと同じくらい思ってくれている人。

だが、寄付者の名前は女性の名前だった。誰にも心当たりのない名前だった。けれど、住所は紅葉山市の人ではあった。二年のメンバーは、自分たちの知らない紅葉山市在住の遊び心のある数寄者の方のご厚意なのだろうと結論付けた。

「もしかして……」

「そう、あの出題者は私だ。君のおかげで一千万で済む予定だったんだけどね。ここを買い取りたいというライバルが現れたもんだから。半額にせざるを得なかった。だいぶ肝を冷やしただろう。すまなかった」

ネットニュースのトラブルで学校関係者の寄付を見合わせるという連絡をもらったために、岸谷の妻の旧姓で寄付をしてくれたという。

「あのクラウドファンディングの会社が出資してくれるっていうコンペの話も聞いていたんだ。だから、最後にもしとれなかった時には僕が出資しようかと思ってパソコンの前で待機していたんだけど、結果的に達成できて良かった」

弘樹が言った。

「あの出題の期日というのは」

柊は出題者の十月二十八日午後六時という期日の切り方が気になっていた。

「ああ、翌日が私の誕生日でね。六十五歳で定年退職する予定だったから、中途半端に早い期日にさせてもらったんだ」

「そうだったんですね……」

「皆にも挨拶はしたかったんだけど、ま、いろいろばたばたしていて、それに、顔を見ると匿名なのにばれそうな気がしてね。悪かったね」

「いえ、でも、良かった、ここに引っ越ししてこられるんですよね」

「そのつもりだ。だからいつでも会えるよ」

「みんな、岸谷さんに会いたがってると思います。連れてきます」

「是非」

「でも、なぜ匿名でなぞかけを？　僕たちが本当に正解しなかったら、寄付はしてくださらないつもりだったんですか」

柊は気になっていたことを聞いた。

「だって名前を明かしたら、君たちは答えを教えてくれってやってくるだろう。せっかくだから考えてもらおうと思ってね。けど、君たちの取り組みやお稽古、お茶席と庭への愛情を見ていたから、きっと正解を見つけるだろうと思ってた」

そんなふうに見ていてくれたとは思わなかった。きっと斗真や史弥が茶庭や茶花を大事にしている様を見てそう思ったのだろう。真相を知った時の二人の顔を思い浮かべると思わず柊の頬が緩んだ。

夢中で資金集めをしていた時には気になっていてもそちらに気を回すことをあえてやめていた疑問が次々と顔を出し始めた。

「和倉さんも、家の祖母もどうして茶室が売られるとわかってたんでしょう」

岸谷はそうだね、と言いながら、紅葉が熟してはらはらと舞い落ちている紅葉の葉を目で追いながら言った。

「その人にとっては大事なものでも、時代がそこにあることを許さなくなる時が来ることを知ってたんだろうね。そういう厳しい時代をかいくぐってきた人たちにはきっと予見できたんだろう」

「何だか、お二人の手の平の上で踊らされていた感じです」

紅葉楼は紅葉山高校に残り、生活科学室の新しい茶室は弘樹が造り替え、そして岸谷親子は桧山家を買い取った。

「柊君、それはひどいな。茶室改造の発注はちゃんとコンペと入札で勝ち取ったものだよ」

「それは、わかってますけど。弘樹さんの完成図は予想を遥かに上回ってました。月を観賞する方法まで、あの狭い空間で提案してくださっていて」

顧問の富樫から図面と完成図を見せてもらった時、相当紅葉楼を意識したしつらえになっていると思った。移転してしまうかもしれない紅葉楼の代わりを務めさせるために紅葉山が望める方向についても考えてくれてあった。隣の調理室との連携や、和室入り口と和室自体を削って上手に中庭のようなものも造ってあり、学校の中にいながら異空間へのトンネルを作り出していた。

「紅葉楼を知っていたからかもしれないね。そういう意味では、他の業者よりも有利だったかも」

謙虚にそう言う弘樹は、きっと全力でどこにも負けない図面を作ったのだろう。新しい茶室でもきっと柊たちや来てくれる人が楽しく茶会ができるように。

どんな人でも新しい住まいには希望を見ていると言った弘樹の言葉がよみがえった。

「弘樹さん、今度、建築のお仕事の話、聞かせてもらえませんか」

「お、建築に興味がある？」

「向いてるかどうかわかりませんけど」

「是非。良かったら今度、事務所に見学に来なよ」

柊は是非よろしくお願いしますと言って頭を下げた。隣で今日は本当に良い天気だと言って岸谷が空を見上げた。

快晴の秋の空を見上げた柊は、空とはこんなにも青かったのかと不思議に思った。

きっとこれからもたくさんのものが自分の手から離れていくのだろう。

人も場所も、時には大事な持ち物も。

けれど、それは一つの別れであって終わりではない。

きっと自分は一つ手放せばまた一つ手に入れる。そんな努力をきっと続けることができる。

そして、願わくは自分が大事な場所を作れる人になりたい。

柊は茶庭を見渡しながらそう思った。

この物語は、フィクションであり、実在の人物、団体、事件とは一切関係ありません。

益田 昌（ますだ しょう）

1964年大阪府生まれ。京都女子大英文科卒。

『天昇る魚《てんのぼるさかな》』で第二十九回BKラジオドラマ脚本賞最優秀賞を受賞。『硯』で第三十回ゆきのまち幻想文学賞長編賞を受賞。ラジオや舞台のシナリオを手掛ける。

現在コンサルタント業及び執筆業を営む。

紅葉山高校茶道部《もみじやまこうこうさどうぶ》

2023年11月30日　第1刷発行
2024年10月23日　第2刷発行

著　者　　益田 昌
発行人　　久保田貴幸

発行元　　株式会社 幻冬舎メディアコンサルティング
〒151-0051　東京都渋谷区千駄ヶ谷4-9-7
電話　03-5411-6440（編集）

発売元　　株式会社 幻冬舎
〒151-0051　東京都渋谷区千駄ヶ谷4-9-7
電話　03-5411-6222（営業）

印刷・製本　中央精版印刷株式会社
装　丁　　弓田和則

検印廃止

Printed in Japan
ISBN 978-4-344-94624-8 C0093
幻冬舎メディアコンサルティングＨＰ
https://www.gentosha-mc.com/